講談社文庫

トライロバレット

佐藤 究

講談社

目次

トライロバレット

ドアが細めに開いた。

回転ピストル《リヴォルバー》が現われ、そして腕が伸びる。

——フランツ・カフカ　一九一四年二月二日の日記より

出典『カフカの日記　1910―1923　新版』
みすず書房　マックス・ブロート編　谷口茂訳

超三葉虫仮説

エピソード　1

1

ニューオグデンの南側を東西に横断する道の一つ、二十五番通りに面している自宅で、男は真夜中に目を覚ます。

男の眠りを妨《さまた》げる騒音。それほど近くでもないが、それほど遠くでもない。音は上のほうからやってくる。空から。静かになったかと思えばまた舞い戻ってくる。回転翼が空気を切り刻む音、ゼネラル・エレクトリック社のターボシャフトエンジンが生みだす低い唸《うな》り、四十一歳になった男の記憶に深く根を張っている重厚な響き。

アメリカ合衆国西部、ユタ州ニューオグデン。州都ソルトレイクシティから七十キロメートル北にある閑静な町。気温二十二度。昨年四月の同じ夜にくらべて五度以上も暑い。この土地に長く暮らす住民にとって、初夏のような風が吹く。

枕に頭を乗せて、暗闇の先にあるはずの天井を見つめていた男は、顔の向きを変え、手探りで壁際のデジタル時計に腕を伸ばし、ボタンを押して時刻表示のディスプレイを明るくする。午前二時になろうとしている。男はベッド脇の読書灯をつけて、半身を起こす。無意識のうちにベッドの上を見て、隣にいる妻の寝顔をさがしている。それからベッドの端に敷かれたタオルの上で丸くなっている犬を。

妻も犬もいない。少し時間がたてば戻ってくるかもしれないと期待していたが、一年七ヵ月たっても戻ってこない。彼女が犬を連れて家を去った原因は自分にあると男は理解している。それでも努力はしてきた。普通に暮らせるように、より善《よ》い人間になれるように。

一秒、二秒、男はデジタル時計の秒数の経過を眺める。蒸し暑い夜、閉ざされた夜。男は首を左右に振り、両手で顔を覆《おお》い、ため息をついてふたたび耳を澄《す》ます。夢じゃないのか、となかば願いながら。だが、やはり回転翼とエンジンの音は聞こえる。男はあきれ、舌打ちする。軍の汎用《はんよう》ヘリコプター、ブラックホークが人々の寝静まるニューオグデン上空を飛んでいるのだ。午前二時の深夜に。

ちきしょう《ダム》、何を考えてやがる。男はそう吐き捨て、そんな言葉をいつも口にしていた日々を思いだしそうになる。男はベッドから出て、ナイトガウンを羽織り、寝室を出る。一人暮らしには広すぎる家。廊下を歩き、リビングを通り抜け、自分の部屋に移動する。やめるように、と医師に何度も釘を刺されている煙草《たばこ》の箱をつかみ、ジッポーのオイルライターをナイトガウンのポケットに放りこみ、部屋を出て、リビングを通って家の裏口のドアを開ける。

裏庭《バックヤード》にある物置き小屋の屋根をようやく塗り直したばかりで、乾きかけの塗料の刺激臭が男の鼻をつく。手入れを怠《おこた》っている裏庭の芝生の上に立ち、気だるい暑気にからだを包まれて四月の夜空を見上げる。星々の瞬《またた》く果てしない闇の沈黙。男は左手でつまんだ一本の煙草に愛用のオイルライターで火をつけ、煙を吸いこみ、煙を吐きだす。漆黒のスクリーンにちりばめられた無数の光の粒子の上に、漂う煙がつかのまの天の河《ミルキー・ウエイ》をえがく。男は子供のころ、幼稚園に入るまでは、宇宙で凍りついた星々が太陽の熱で少しずつ解けていき、やがて雪になって地球に降ってくると信じていた。

ヘリの飛ぶ音がする方角に男は視線を向ける。その方角にある建物の見当はつくが、上空にヘリの姿は見えない。男のナイトガウンから伸びる素足の脛《すね》に、小さな羽虫がとまる。男は脛を掻《か》く。無駄に時間がすぎていく。

男は家の正面の通りに出てみる。ニューオグデンの二十五番通り。騒音の正体を突きとめようと、なおも東側の上空を凝視しつづける。深夜とはいえ、近所に住む人間が誰も表に現われていないことに首を傾《かし》げ、その鈍感さを腹立たしく感じる。相変わらず機体は見えず、騒音はやまない。

ばか野郎《ファッキン・イディオッツ》ども。半分はヘリの乗員に、半分は隣人たちに向かって、男は悪態をつく。

ウィットロー高校の校舎が建っている辺《あた》りの空で、回転翼が空気を切り刻んでいる。リズミカルな、それでいて軽快とは呼びがたい音。町を覆う暗闇が巨人の手でシャッフルされ、カードとなって四方に投げ放たれている幻影が男の頭に浮かぶ。ライトを消して飛んでいるのか、と男はつぶやく。夜間飛行訓練か。そうだとしても、この地域の上空を飛ぶなんてことは今までなかったはずだが。

気がつくと煙草は燃え尽きている。ヘリの機影をたしかめられないまま、男はしかたなく屋内へ引き揚げていく。ウイスキーはやめておけ、と自分に言い聞かせる。男は冷蔵庫から炭酸水の入った濃緑色のガラス瓶《びん》を取りだし、リビングのソファに腰をおろす。その瞬間、ここがどこなのかわからなくなる。自分の家なのか、ユタ州なのか、合衆国なのか。男は冷静になろうと努める。自分にとって世界が単純で、合衆国への忠誠に何の迷いもなかった時代を思いだそうとしながら。ベッドのある寝室には戻らない。男はガラス瓶のふたを開けて、炭酸水を飲む。男は一睡もできなくなる。

2

少年は一人きりの昼食をとった校舎二階のカフェテリアを出て、長い廊下を歩きはじめる。グローバル・スタディーズの一環の授業がある教室へ向かって。むやみに長く伸びる廊下を呪《のろ》いながら。

バーナム・クロネッカー、ユタ州ニューオグデン在住、地元のウィットロー高校に通う十七歳、グレード11（四年制のアメリカの高校での第三学年、日本の高校二年に相当）。

校舎は三つの棟《とう》が合わさったYの字型に建てられていて、中心に位置するカフェテリアから目的地の教室まで、ずいぶん歩かされる。目指す教室は〈Y〉の左の先端、廊下のいちばん奥にある。

バーナムは眠たげな表情をして、ようやく教室にたどり着く。出入口のドアは開放されている。外の景色が見える窓際の席が好みだが、グローバル・スタディーズは常にディスカッション形式の授業なので、教壇近くに輪になってすわらなくてはならない。

バーナムは自分で向きを変えた机の上に教材を置く。それから椅子をうしろに引く。椅子の脚が床をこすって、耳ざわりな音を立てる。

ディスカッション形式で実施されるすべての授業を、バーナムは苦手としている。授業中に一度は発言しなくてはならず、終わりのブザーが鳴るまで黙って物思いにふけっていることはできない。

ほかの生徒たちに聞こえないように、小声でバーナムはつぶやく。ここが自由の国の一部なら、沈黙を選べる自由だってあるはずだ。逮捕されたとき以外にも、黙秘権があっていいのに。

四月、金曜日の午後、グローバル・スタディーズ。バーナムの選択した科目の教室には、十九人の生徒が着席している。授業がはじまる。各自のタブレット端末にダウンロードされた資料と、机の上で開いた教科書を交互に見ながら、授業は進む。ディスカッション。私はこう思います、私はこう考えます、私にはその考えが理解できないんですが。活発な意見の交換、アットホームな雰囲気。バーナムだけは目線をさげて口を閉ざしている。

教師は生徒間のディスカッションの話題を、国連の組織の一つ、ＳＤＳＮが調査した世界幸福度ランキングへと誘導する。

バーナムは資料を読む。ＳＤＳＮ。持続可能な開発ソリューションネットワークの略称。この組織の報告する世界幸福度ランキング。一位フィンランド、二位デンマーク、アメリカ合衆国は二十位。

ヒスパニック系の生徒の一人が手を挙げて質問する。先生が私たちと同じ年のときには、アメリカは何位だったんですか。

私がきみたちの年齢だったときは、まだこの調査報告はなかったよ。大学を出るあたりで、こういうランキングが公表されたかな。

順位は、と別の生徒が言う。

どうだったかな。教師は答える。この報告と似たりよったりだよ。少なくともベストテンには入っていなかったね。

前世代から次世代にわたって、不幸のバトンが受け継がれてきたわけだ、と別の生徒が笑いながら言う。

教師は両手を広げてみせる。国家である以上、この順位を上げていかなくてはならないよね。きみたちの世代の、新しい考えかたが必要とされているんだ。

バーナムはぼんやりした目を三十代の教師に向ける。ネイサン・ライルズ。白いシャツと青いネクタイを身につけるのを欠かさない。週末は社会人アイスホッケーのチームで活躍している。

きみたちの世代。きみたちの。また世代の話か、そう思ってバーナムはうんざりする。望んでもいないのに自分もふくまれるＺ世代《ジエネレーションＺ》、その無意味な言葉をバーナムはきらっている。

バーナムはノートにこう書きつける。

世代。それは本質的に、大量絶滅によってのみ、定義され得るのではないだろうか？　ぼくらはその痕跡を頼りにして、過去を区分しているから。

大量絶滅が起きる前と、起きた後。

教室の生徒たちは、世界幸福度ランキングを題材にディスカッションをつづける。アメリカの幸福度ランクが上位十ヵ国にすら入れない理由を話し合う。

バーナムは退屈し、憂鬱になっている。彼はノートにこんなふうに書く。

地球で起きた五度の大量絶滅。通称ビッグ５《ファイブ》。

一度目は、オルドビス紀の終わりに。

二度目は、デボン紀の終わりに。

三度目は、ペルム紀の終わりに。
四度目は、三畳紀《さんじょう》の終わりに。
五度目は、白亜紀の終わりに。
つぎに起きるとしたら、それが六度目に。

バーナムの授業にたいする消極的な姿勢をよそに、教室ではさまざまな話題が飛び交っている。医療保険制度、人種問題、学歴格差、銃規制。

銃規制と聞き、バーナムはノートに落としていた視線を上げる。ユタ州の東にあるワイオミング州で先週起きた銃乱射事件を思いだす。普段はほとんどニュースを見ないが、その報道は目にしている。怖ろしい《ホリブル》、と言ったニュースキャスターの言葉。変わり映えのしない、アメリカで何度も繰りかえされている無差別の銃乱射。銃乱射犯《シューター》は二十歳の白人。ショッピングモールにいた面識のない八人を射殺。犯人は警官隊に包囲されると自分のこめかみを撃ち抜き、その場で息絶えた。

バーナム。

突然教師に名前を呼ばれたバーナムは顔を上げ、激しくまばたきをする。

きみはどうしたらいいと思う?

ええっと。銃規制のことですか。

いや、幸福度ランキングを上げる方法についてだよ。

教師とバーナムの嚙み合わないやりとりに生徒の一人が笑い、つられて別の生徒が笑いだす。笑いが伝染する。Z世代同士の共感。日常に生まれるさりげない人間の鎖《くさり》。

バーナムは顔を赤くして、タブレット端末に映る資料に目を向ける。ぼくには、どうしたらいいのかわかりません。

生徒たちの笑い声。

ですが。消え入りそうな声でバーナムは言う。

何だい。教師は足を組み直す。聞かせてくれないか。

このランキングだと、幸福度でクウェートが十三位に入ってます。

そうだね。

クウェートはかつてアメリカが武力で解放した国です。クウェートは三十年以上前、イラク軍に侵攻されて、アメリカが主導する多国籍軍がそのイラク軍を追い払いました。

そう湾岸戦争だ、と別の生徒が言う。

たしか空爆したんだわ、ともう一人の生徒が言う。

あれは砂漠の嵐《デザート・ストーム》っていう作戦でした。バーナムは言葉をつづける。つまりぼくが言いたいのは。

やっぱり戦争がよくないのさ、と別の生徒が言う。国の予算を圧迫するよ。

バーナムの声はさらに小さくなる。つまり自分たちで解放した国より幸福度が低いというのは、ようするに。

そうね、アメリカはよその国に行ってまで戦う必要はないんだわ、と別の生徒が言う。

バーナムを置き去りにして、ディスカッションの輪は広がっていく。

戦争、自治、世界秩序、テロリズム、中国、ロシア、イスラエル、パレスチナ、教室に飛び交う言葉を聞きながら、バーナムはじっとしている。空白のままのホワイトボードを見て、午後の光が射してくる窓の外を見る。

数学科目、バーナムが選択した統計学《スタティスティックス》、金曜日最後の授業。

終業のブザーが鳴り、バーナムは教室を出てロッカーまで歩く。通りすぎるいくつもの教室から、グレード11の生徒たちが廊下にあふれだしてくるが、バーナムに声をかける者は一人もいない。バーナムのほうから声をかける相手もいない。

バーナムは腕時計で時刻をたしかめる。針の回るアナログ時計、午後三時二分、正門前発のスクールバスが出るまであと八分の余裕がある。

廊下を挟んでカフェテリアの向かい側の壁にずらりと並ぶロッカーの前で向きを変え、バーナムはカフェテリアへ急ぐ。食事の提供は終わっているが、プリペイド式のドリンクカウンターは開放している。

バーナムは再生紙でできたペーパーカップを手に取り、ドリンクカウンターに設置されたマシンからオレンジジュースを注《つ》ぎ、同じく再生紙のふたで上部を閉じる。半分をスクールバスのなかで飲み、残りを家に帰って飲むつもりでいる。

ペーパーカップを片手にカフェテリアを出て、廊下を渡り、自分のロッカーの前に戻る。統計学の教科書を収納したいので、暗証番号を入力して鍵を解除する。

だが、開けようとしたロッカーの扉はびくともしない。バーナムは鍵が解除されているのをたしかめる。ダイヤルロック式の鍵。フックが外れているのは一目瞭然だ。もう一度扉を引く。やはり開かない。

バーナム以外のロッカーの扉は、それぞれの生徒たちによってつぎつぎと鍵を解除され、音を立てて開けられ、ふたたび閉められ、鍵をかけられる。生徒たちはすばやく立ち去っていく。金曜日の下校時間。一週間の終わり。

自分のロッカーをバーナムは茫然と見つめる。太い眉をひそめて観察する。蝶番《ちょうつがい》とは反対側の扉の溝に、何か透明な膜が伸びている。それは上から下まで続いている。目を近づけて、扉が接着剤で固定してあるのに気づく。

ロッカーの前に立ち尽くすバーナムは、横から声をかけられる。

カッター持ってないか。

低い声。バーナムは声のほうに目を向ける。自分の右側に立っている一人の生徒を見上げる。大男。同じ高校にいるのは知っているが、話したことはない。百九十センチ以上はあるように見える。アジア系の丸みのある顔をして、黒のボストン・フレームの眼鏡をかけている。表情らしきものはほとんどない。レンズの度がきついせいで、太いフレームに囲まれた目が小さく見えてしまい、野暮ったい印象を漂わせている。無造作に肩まで伸びた黒髪が、その印象を助長している。白のTシャツにジーンズ。一九七〇年代が舞台の映画に出てくる大学生のような。

何、とバーナムは訊《き》きかえす。

カッターだよ。持ってないか。アジア系の長身の少年は言う。

バーナムは彼の顔を見つめる。選択科目の授業で同室になったことはあっただろうか。あったとしたら名前は。

どうしてぼくに訊くんだ、とバーナムは言う。

どうしてって、それは、おれにもよくわからない。

わからない？

ただきみが近くに立ってたから。カッター持ってないかなと思ってさ。

どうしてカッターがいるんだ。そう言った瞬間、バーナムの顔つきが変わる。眉間にしわを寄せると、彫りの深い顔立ちに冷淡さに似た鋭さが現われる。

もしかしてロッカーの扉が開かないのか、とバーナムは訊く。

正解。

ぼくの扉も開かないんだ。まさか、きみがやったのか。

どうしておれが。おれはやってないよ。長身の少年は首を横に振り、ため息をつく。なるほど。おまえも新たに仲間入りってことか。

何でこんなことになってるんだ。バーナムは開かない扉に指で触れる。

コール・アボットだよ。

コール・アボット？

知ってるだろ。上院議員《セネター》の孫、元プロテニス選手の息子。あいつがやったんだ。おれはいつもやられてるから。

いつもロッカーの扉を接着されてるのか。

いや、ロッカーははじめてだな。テロ攻撃にはいろんなパターンがある。

テロ攻撃？

バーナムの頭は激しく混乱する。周囲を見渡す。コール・アボット。顔と名前くらいは知っているが、直接話したことはない。どんな接点もない。なぜ自分が狙われたのか。

そうやってあちこち見ないほうがいい。妙に落ち着きのある、おっとりした低い声で、長身の少年は言う。あいつと目が合うと、たぶんもっと攻撃される。理由なんてない。おとなしそうな獲物を狙ってるんだ。あいつは陰湿でしつこい。生まれついての粘着質だ。どこかでこの様子を見て楽しんでるよ。ガールフレンドのリリアナ・ムーアもいっしょにな。

リリアナ・ムーア？　わけがわからないな、とバーナムは言う。とりあえずカッターは持ってない。もし持っていても、今から接着剤を切っていたら、ぼくは帰りのスクールバスに間に合わない。

そりゃ残念だ。乗るのは南行きのバスか。

うん。

だと思った。おれもときどきスクールバスに乗るけど、きみは見かけないからな。

おれが乗るのは北行きだ。で、どうする？

どうするって。

カッターはないんだろ。ここであたふたして、コール・アボットに笑われるか、もしくはさっさと帰るかだ。おれは帰る。今日は親が車で迎えに来てるんだ。

ロッカーはどうする。

来週開ける。自分でカッターを持ってくるよ。

バーナムは黙りこむ。しばらくして背後の天井を指差す。あそこに防犯カメラがある。犯人はあれに写ってるんじゃないか。

長身の少年は無表情で即答する。おまえにもしその気があったら、職員の誰かに今日のことを相談してみるといい。たとえば警備員なんかに。驚くほど何も起きないから。

何も起きないって、何が。

コール・アボットは、何の注意もされないってこと。

そうなのか。

そうなのさ。ところで、おれはタキオっていうんだ。タキオ・グリーン。タキオ。

タキオっていうのは、日本人の男につけられる名前らしいんだ。母親がつけた。母親は日本生まれだから。おまえは？

話しかけられるバーナムは、しかし口を閉ざして、自分のロッカーをじっと見つめている。

タキオ・グリーンと名乗った背の高い少年は、返事をしないバーナムを見おろして肩をすくめる。じゃあまた来週。あまり深く考えないほうがいい。ロッカーの扉を自力で開ければいいだけさ。

タキオ・グリーンが去り、ロッカーの前に残ったバーナムは腕時計を見る。スクールバスの出発時刻が迫っている。開かないロッカーの扉にもう一度手をかける。何が起きたのか。これは本当にコール・アボットのしわざなのか。上院議員の孫、元プロテニス選手の息子、それともぼくは、さっきのタキオとかいう奴にからかわれただけなのか。

財布、家の鍵、携帯電話は身につけている。リュックサック型のスクールバッグはロッカーのなかだ。できれば取りだしたいが、どうしてもというわけでもない。ロッカーの前を離れ、もつれ合う思考と、出口のない感情に心を蝕《むしば》まれながら、しかたなくバーナムは走りだす。オレンジジュースの入ったペーパーカップを持ち、ロッカーに収納するはずだった統計学の教科書を抱えて。

校舎を出て走る。正門の前を走る。下校時の生徒を見守る警備員の姿を見る。カートに乗って巡回中の二人組。一人はトランシーバーを口元に近づけて何か話している。その向こうにキャンパス・ポリス（銃乱射事件等の校内事件の増加に対応して、学校の敷地に交替で常駐する本物の警官）のパトカーがとまっている。スクールバス乗り場へ急ぐ。途中で手にしたペーパーカップのふたの縁《ふち》からオレンジジュースがこぼれる。そのときふいに、タキオが口にした〈攻撃〉という言葉を思いだす。

快晴の空の下、四月の午後、新しいアスファルトで舗《ほ》装《そう》されたばかりの広い敷地。息を切らして駆け抜ける。ニューオグデンの南行きの黄色いスクールバスの出発時刻になる。目の前でドアが閉じる。バーナムが駆け寄ると、ドアがひらく。荒い呼吸をするバーナムがステップをのぼると、すぐにドアが閉じられる。スクールバスは走りだす。

ガソリンスタンド。

モルモン教徒のミーティングハウス。

動物病院。

トニー・モロニーの食料品店。

しばらくして現われるカタルパの樹々、緑に覆われた川べりの道。

スクールバスは並木道でとまる。後続車の運転手はブレーキを踏んで待つ。停車中の黄色いスクールバスの追い越しは許されない。対向車線を走ってきた車もとまらなくてはならない。

スクールバスのドアがひらき、二人の女子生徒がおりる。カタルパの葉が日射しをさえぎり、光と影の網目模様を路地にえがいている。

名前も知らない彼女たちの背中を、スクールバスの窓越しにバーナムはぼんやりと見送る。彼女たちは川に沿って歩き去る。カタルパの葉が作る光と影のなかに溶けこんでいく。ふたたび車両が動きだし、座席にいるバーナムのからだは少しだけ揺れる。

これまで関心を払わずに済んできたクリーク（派閥という意味で、生徒間のグループを指す）とヒエラルキー。その存在について、バーナムは考えを巡らせる。X世代にもZ世代にも、いつの時代にもあったティーンエイジャーのピラミッド構造のことを。ウィットロー高校ではその上位に立つジョック（体育科系の人気者を指すアメリカ英語のスラング）の一人に、コール・アボットという男子生徒がいる。

バーナムから見ても、コールの存在はひときわ目立っている。彼には何の興味もないが、大衆向けの輝きを放っているのはわかる。さわやかな笑顔、白い歯、スポーツ万能だが、過剰な筋肉質《マッチョ》でもない。元プロテニス選手の父親は全米オープンにも出場したという。教室やカフェテリアで、生徒たちがコールのことや、コールの親の噂をしているのを聞いた記憶がある。父親主催のパーティーもあるらしい。

コールが上院議員の孫だとは知らなかったな。タキオ・グリーンの低い声を回想しながら、バーナムは窓の外を眺める。本当なのか。でも嘘や冗談には聞こえなかった。本当なら権力者の血統だ。つまりコールは、動画配信の青春ドラマに出てきそうな完全無欠のジョックってわけだ。

バーナムは目を閉じる。そして地球の地層が形成される過程を思い浮かべる。古生物学には欠かせない知識を。

この星には大地があり、そこに風が吹き、雨が降る。

風雨にさらされた大地は浸食され、砕屑物《さいせつぶつ》を生みだす。

砕屑物は雨に押し流されて、低い場所へ運ばれ、行き着いたところに堆積《たいせき》する。それが地層。

砕屑物の粒の大きさは礫《れき》、砂、泥の順。大きなものは陸に近く、小さなものは沖合《おきあい》へ。

粒の大きな礫は、たとえば川の水に流されても河口のそばにとどまるが、より小さな砂や泥はさらに遠くまで運ばれてしまう。そしてはるか彼方の海底《シー・フロア》には、泥ばかりが集められる。

礫、砂、泥。スクールバスに揺られつづけ、バーナムは記憶をさぐってみるが、コール・アボットと自分の接点がまったく思い当たらない。どう考えても何の縁もない。

バーナムは記憶をさぐるのをあきらめる。そして、別のことを考えだす。人類の若年層、とバーナムは思う。その連中が、高校という限られた区域に作るピラミッドも、古代より続く地質の形成と同じだ。より大きなものが河口の付近にとどまり、小さなものは海の向こうまで押し流される。わかってるよ。ぼくはヒエラルキーの下層にいる。わかってる。スピーチは下手くそでスポーツ全般が苦手。筋肉もない。髪型もいまいち。つまりぼくは泥。ヒエラルキー上層から見れば、取るに足らない非力な化石オタク《フォッシル・ギーク》にすぎない。ぼくがいるピラミッドの最下層は、地中ですらなく、遠い沖合の海底だ。でも、それでいい。静かな海の底でひっそりと暮らせるのなら。だけど、もしもひっそりと暮らせなくなったときは。そのときには。

バーナムはロッカーの前で長身の少年が言った言葉を思いだす。


で、どうする？


スクールバスをおりたバーナムは、ニューオグデンの二十二番通り沿いにある二階建ての自宅に戻ってくる。

めずらしくもないアスファルトシングルの屋根、裏庭とガレージ付き。両親は仕事で不在。とくにエンジニアの父親は、南に約百キロメートル離れた町、リーハイにある工場の宿舎に寝泊まりしていて、めったに帰ってこない。地元のニューオグデンで働く母親も忙しい。

たとえ一人きりの家でも、バーナムは粗雑な足音を立てたりせずに、静かに階段をのぼって二階に行く。

部屋の本棚の空きスペースに、ロッカーへ残してくるはずだった統計学の教科書をそっと立てかける。窓を覆う日除け《シェード》を引き上げ、カフェテリアでオレンジジュースを注いできたペーパーカップを持って椅子にすわる。ヒマラヤ杉の一枚板でできた机の天板《てんばん》に頬杖《ほおづえ》をつく。窓から二十二番通りを見おろす。歩行者は誰もいない。護送車のようにも見えるUPS（ユナイテッド・パーセル・サービス、アメリカの貨物運送会社）の茶褐色のバンが走り去る。フレームの細いスポーツバイクがすぎていく。また静かになる。無人の通りに落ちる建物の影。

オレンジジュースを飲み、大きく息を吐き、バーナムは机の引きだしを開ける。天板の真下に作られた引きだしの内側に、この惑星の過去が詰まっている。

すべて三葉虫《トライロバイト》の化石。ケースに収められ、整然と配置された、バーナム・クロネッカー個人博物館の収蔵品。

専門店で買ったものもあれば、自分の手で発掘したものもある。

バーナムはそれぞれの化石のケースをゆっくり眺める。さまざまな形態の、石と化した愛すべき三葉虫たち。

やがてケースの一つを手にして、アクリル製のふたを開け、中身をそっと机の上に取りだす。大きさはバーナムの小指の爪にも満たない。化石がまとっている黒灰色《こつかいしょく》は、元の生物の色ではなく、地中の成分が長い歳月のうちに染みこんだ結果にすぎない。すべての化石となった生物と同様、元の色彩は謎に包まれている。

バーナムはユタ州ミラード郡、ハウス山脈《レンジ》のマージャム層で自分が採取した小さな三葉虫の化石を眺める。これよりも希少価値の高い化石をいくつも持っているが、自分で採集した化石は格別だ。市場に出まわるクリーニング済みの化石とは異なる愛着がある。

彼はハンマーで砕いた岩のかけらを、大事に持ち帰った日のことを思いだす。クラフトナイフと刷毛《はけ》を使ってクリーニングを続けた日々、カンブリア紀中期の地層に閉じこめられた三葉虫の姿を、五億年の時の壁を削るように浮かび上がらせるまでの苦労を。

世界でもっとも多く所有されている小さな三葉虫、エルラシア・キンギイの化石。平らな頭部にくらべてずっと小さな尾板《びばん》に指先を当て、バーナムはおもちゃのミニカーを動かす幼児のように、そっと前に押しだす。傷つけないように、慎重に。

化石は机の上を這《は》って進む。窓からわずかに射してくる西日のほうへ。

Δ

八歳の春、バーナムは父親といっしょにユタ自然史博物館に出かける。幼い少年は、大勢の子供たちに取り囲まれた恐竜の化石には興味を示さず、別の展示スペースにある小さな化石ばかりを見ている。

もういいだろう。ジョン・クロネッカーは息子に呼びかける。ちょうど空いたみたいだ。向こうで恐竜を見よう。

ここでいいよ。八歳のバーナムは展示ケースから目を離さずに答える。

まさか恐がってるのか。

何を。

恐竜だよ。

恐がってないよ。

あれは化石だぞ。

だから恐がってない。

せっかく来たんだ。あのでっかい連中を見ようじゃないか。

ここにたくさんいるんだよ。

何が。

三葉虫《トライロバイツ》たち。

そいつらが気に入ったのか。

うん。

帰宅した夜に、ベッドで眠りに就いたバーナムは三葉虫たちの夢を見る。

生きている姿を一度も見たことがない生物、そして生きている姿を見ようとしても見ることは不可能な生物、それなのにバーナムは、海底を這っている三葉虫たちの姿に、昔から知っている友だちのような親しみを感じている。

どこか別の星で暮らしている生き物みたいだな、とバーナムは夢のなかで思う。だが、それでも三葉虫の姿は、たとえどれほど奇妙であったとしても、カンブリアン・モンスターと呼ばれている古生物たちのようなあまりに風変わりな形よりは、ずっと控えめな姿をしている。その姿にバーナムの心は安らぐ。

現代の海に生きていても不思議ではない理にかなった姿。それでいてすっかり滅び去ったものたち。

自然史博物館を訪れた翌週、バーナムは父親と州都ソルトレイクシティの書店に出かけ、古生物学の書籍が並んだ棚を吟味《ぎんみ》する。

父親は、児童書のコーナーに置いてあるイラスト図鑑——カンブリア紀の小さな怪物たちをえがいた――を買うように薦めたが、バーナムは読むのが難しくても三葉虫専門の書籍が欲しいとねだり、今年のクリスマスプレゼントはいらないからと交渉して、特別に高価な化石写真図録を買ってもらう。

家に戻ったバーナムは、八歳の少年にはまるでわからない言葉が羅列《られつ》された図録の冒頭の文章を懸命に読み上げる。

――節足動物門《もん》、三葉虫綱《こう》を以下の九目《もく》に分類した（これは現時点でのわれわれの考える分類であり、今後の研究が進めば目は増えると予想される）。

アグノスタス目
レドリキア目
コリネクソクス目
リカス目
アサフス目
プティコパリア目
ファコプス目

プロエタス目

オドントプレウラ目

これまで報告された三葉虫の種類の総数はじつに二万種以上にもおよび、その総数は研究者によって諸説あるが――

ねえママ、諸説って何？　ひらいた図録を両手に持ってバーナムは母親に訊く。

いろんな考えかたがあるってことよ。

それはわかるよ。でも科学の考えかたは一つだよね。

必ずしもそうじゃない。

へえ、そうなの？

うわ、虫ばっかり。息子がひらいた図鑑をのぞいて、母親は顔をしかめて目を背《そむ》ける。

恐がらなくてもいいよ。

虫は苦手なの。気色悪い。

だいじょうぶ。バーナムは母親をなだめる。もうみんないなくなったから。

父親に頼んでユタ州ミラード郡へ連れていってもらったのは、バーナムが十歳のときだ。一般人が有料で入れる化石採集エリアをめざす自動車旅行、フロントガラス越しに輝く夏の太陽の強烈な光、窓から吹きこんでくるハイウェイの風、父親が車中でかけているニール・ヤングの音楽、デルタの町の様子、その西に広がるハウス山脈の眺め、ウィーラー頁岩《けつがん》、はじめて自分の足で踏みしめるカンブリア紀中期のマージャム層。

三葉虫の化石の産地への旅で経験したすべてに、彼は心を奪われ、自分の将来の目標を決める。大人になったら古生物学者になり、三葉虫の研究をやるんだ、と。

翌年の夏は、ミラード郡には連れていってもらえない。父親は仕事が忙しく、母親も同じだ。バーナムは企業主催の化石発掘ツアーに参加しようと考えたが、年齢的に保護者同行が必要とされ、もちろん父親も母親も来られないのであきらめる。

その翌年も、つぎの年も、ウィーラー頁岩の地層の上を歩く機会はやってこない。自分で車の運転ができたら、とバーナムは何度も思う。ユタ州で自動車免許が取得できるのは十七歳からで、しかも取得後半年は一人では運転できない。

古生代の地層に立てない鬱屈した日々のなかで、やがてバーナムは化石の採集ではなく、購入してコレクションを増やすほうに情熱の矛先《ほこさき》を向けはじめる。

△

机の上のエルラシア・キンギイの化石は、バーナムの指にゆっくり押されて、ためらいがちに進み、ついに二十一世紀の夕日の輝きに包まれる。生きて海底を這っていた遠いカンブリア紀の時代より、およそ五億年の時空を隔てた太陽の光に。

三葉虫。

八歳のときは、その種類の豊富さと形に惹《ひ》かれていただけだったが、今のバーナムは、化石の背後にある巨大な沈黙の広がりに魅了されている。**三葉虫は絶滅した**という誰もが知る事実、バーナムのまなざしが見つめる巨大な沈黙。

かつて大繁栄と衰退を繰りかえし、約二億五千百万年前のペルム紀の大量絶滅によって、最後の一種、最後の一匹まで完全に消え去った生物。この惑星、この宇宙から。

バーナムは思う。だから、三葉虫はもう繁栄する必要がない。なぜなら、すでに滅びているから。生存競争に苦しむ必要もない。なぜなら、すでに滅びているから。

エルラシア・キンギイの化石を、バーナムは左の掌《てのひら》に載せる。ペルム紀の大量絶滅よりもはるか昔、カンブリア紀に滅びたプティコパリア目の三葉虫の化石に、自分の肌で触れ、冷たい感触を味わいながら、無限の静寂のなかに入りこんでいく。今日の午後にスクールバスの窓から眺めた、カタルパの葉が作りだす光と影が思い浮かぶ。

日は沈み、窓の外が暗くなっていく。

皆さん。絶滅っていうのは、個体の死を超えたものなんです。バーナムは窓に映っている自分の鏡像に向かって、あたかも講演するような調子で語りかける。絶滅とは、絶滅する生物種にとって、世界の終わりです。だから、私の手のなかにあるエルラシア・キンギイは、世界が終わったあとの世界にいるわけです。三葉虫の世界が終わった世界の証人として、私はここにいます。これは事実であって、空想の話じゃありません。

自分の鏡像を相手にバーナムの講演は続く。

この惑星では、これまで九十九・九パーセントの生物種が滅びました。多くの科学者たちが、じっさいにそう考えています。圧倒的な確率です。それほど絶滅っていうのは、運命的で逃れがたい現象なんです。すべての生物は、まず滅びると見てよいでしょう。いずれ人類もいなくなると思いますよ。生き延びるためにアメリカが何をしようと、世界が何をしようとね。そして種としての生命の火が消えたあと、地質的な条件がそろえば私たちも化石になるんですよ。

バーナムはオレンジジュースの残りを飲みほし、窓に映った姿が同じようにペーパーカップを傾ける様子を見る。

ですが人類が滅んだとき、とバーナムは言う。そのときは、いったい誰が絶滅の証人になるんでしょう。私が三葉虫の絶滅を認識するように、人類が滅んだ事実を記憶し、その証人になれるような新たな種が、進化の暗闇から新しく呼びだされてくるのでしょうか。いや、それよりも、自分のことを誰かにおぼえておいてほしいという願望は、どこから生まれてきたのでしょう。最後の三葉虫たちも、壮絶な破局《カタストロフィ》のなかで、そう願ったのでしょうか。われわれがいた事実を忘れないでほしい、と？

3

男が経営する店は、男の住む家の隣に建っている。死んだ父親から引き継いだ金物店《ハードウエア・ストア》。ニューオグデンの二十五番通り。金物店の看板を掲げてはいるが、どちらかというと町の雑貨屋で、冬になれば雪かき用のシャベルも売るし、作業用の防寒着も売る。一年を通して園芸用の肥料も取り扱っている。

客の来ない昼間、レジカウンターの内側の椅子にすわっている男は、赤黒の格子柄のフランネルシャツの胸ポケットから、煙草とジッポーライターを取りだす。男は商品発注用の書類を眺めながら煙を吐き、学生時代から使っているAT&T（テキサス州に本社のあるアメリカ最大の無線通信会社）のロゴ入りのマグカップに注いだコーヒーを飲む。コーヒーはすっかり冷めている。

しばらくして男は発注用の書類をレジカウンターの上に放りだす。煙草をくわえたまま、背後の壁に掛かっている鏡のほうを振りかえる。昨夜もやはりまともに眠れなかったせいで瞼《まぶた》は腫《は》れぼったく、目の下に隈《くま》ができている自分が映る。ひどい寝癖《ねぐせ》に気づく。朝、バスルームで鏡を見たときには気づかなかった寝癖。

男は前に向き直り、やや上を向いて目を閉じる。通りを走る車の音を聞く。おもむろに目をひらき、立ち上がって、扉付きの書類棚から年季の入った一冊のファイルを取りだし、過去に取り引きのあった顧客の電話番号を調べはじめる。目当ての番号を見つけると、男はレジカウンターの端の電話に左手を伸ばす。一九八〇年代に製造されたAT&Tの黒い固定電話のダイヤルを回し、コールの音に耳を澄ます。
はい、ウィットロー高校の事務室です。

ちょっと訊きたいことがあるんだが、と男は言う。おれはウィットロー高校の校区に住んでる者だ。というか、卒業生でもあるんだが。

そうですか。どういったご用件でしょう。

真夜中に高校の上空をヘリが飛んでいるだろう。あれをやめさせてくれないか。何をやっているのか知らないが、やかましくて眠れやしない。

真夜中にですか？

そうだ。それも一度や二度じゃない。昨夜なんて、高校のグラウンドに着陸したはずだ。

真夜中にヘリ、と事務員は言う。私が知るかぎり、そういった話はありませんが。ヘリ自体が高校には来ていないですし。

そんなはずはないだろう。あんたは教員か。

いえ、事務員です。

深夜に学校に残っているのか。

いえ。

じゃあ、誰か話のわかりそうな人間に代わってくれ。

そうですか。少々お持ちください。

男は目を閉じて首を左右に振り、つぎの煙草に火をつける。じっと待つ。

もしもし、お待たせしました。

あんたの役職は、と男は訊く。

設備の管理人《メンテナンス》です。ヘリコプターの騒音の件ですが、高校の上を飛んだり、グラウンドに着陸したという事実はありません。

それは日中の話だろう。おれが言っているのは真夜中だ。午前二時とか、三時とか。

夜間にもその事実はないですよ。

グラウンドにおりなかったのなら、屋上だ。ＥＨＬＦになってるだろう。

ＥＨＬＦとは？

緊急離着陸場だ。アルファベットのＨがペンキで大きく書いてあるはずだ。あんたは高校の屋上に行ったことないのか。

あります。たしかにＨと書いてありました。

真夜中のあの音は軍のヘリだ。おれは詳しくてね。

しかしヘリが近づいたり、着陸した事実はないんです。

男はため息をつく。何を言えばいいのかわからなくなる。

もし騒音がするというのでしたら、ヒル空軍基地にお問い合わせなさったらいかがですか。

そうか。そういう態度なんだな。まあ、考えてみるよ。

男は受話器を耳から離す。もしもし、と言う相手の声が遠ざかる。男は電話を切る。うなだれて、左手を額に当て、その肘をレジカウンターの上に乗せる。空軍基地に問い合わせろだと？　男はつぶやき、力なく首を振る。問い合わせたところで、軍の連中がおれに本当のことを言うわけがない。

日が沈んで、男は地味な生活用品ばかりを飾っているショーウインドウの前に鉄格子のシャッターをおろし、金物店を閉めて、店の隣に建つ家に帰る。シャワーを浴び、朝からずっと寝癖のついたままだった髪をかきむしるように洗う。髭《ひげ》は剃《そ》らない。

腰にバスタオルを巻いた恰好でキッチンに立ち、ステンレス製のドリップポットをガスコンロの火にかけて湯を沸《わ》かす。湯が沸くとハーブティーを入れ、冷蔵庫を開けて冷えたピザの残りを取りだす。リビングのソファにすわってテレビをつけ、ニュース番組を見る。ワサッチ山脈での登山者の遭難《そうなん》事故、ソルトレイクシティとプロボとニューオグデンの天気予報、笑っているキャスターの口にのぞく合成樹脂めいた白い歯。男はハーブティーを飲み、冷えたピザを食べる。

携帯電話が鳴る。男は昼間に電話をしたウィットロー高校がかけ直してきたのかと思ったが、使ったのは店の電話で、名乗ってもいないので自分の携帯電話にかかってくるのは不自然だと気づく。

男はディスプレイに表示される相手の名前を見て、部屋の明かりがいっきに暗くなるのを感じる。ニュースキャスターの声が遠ざかる。男はしゃべりつづけるニュースキャスターの顔を見てこう思う。おまえにわかるか？ こういうのが本物のニュースなんだ。今からおれが出るこの電話が。

フランクか、と相手の声が言う。

ああおれだ、と男は答える。

ひさしぶりなのに悪いんだが、オスカー・パーシングの話なんだ。

オスカーか。で、いい知らせのわけがないよな。

あいつもとうとうやっちまった。自分の頭を撃ち抜いた。四十五口径でだ。

男は目を閉じる。若き日のオスカー・パーシングの姿を思いだす。いつ、と男は訊く。

昨日の朝だそうだ。弟さんから電話をもらったよ。

オスカーはアイオワからケンタッキーに移ったんだろう。

ああ。農場の仕事をしながら、復員軍人病院《ベテラン・ホスピタル》に通っていた。

でもだめだったか。

だめだった。

あんなにタフな奴だったのに。最後に会ったのは？

去年の九月。

オスカーは、たしかＴＢＩだったな。

そうだ。薬もずいぶん飲んでいた。

男は昔の仲間と会話をしながら、自分がＴＢＩという医学用語をまるで慣れ親しんだ軍事用語のように口に出している現実に奇妙さをおぼえる。だが、ある意味でこれは軍事用語だ、と男は思う。まぎれもない戦争の言葉。外傷性脳損傷《トラウマティック・ブレイン・インジャリー》。ＴＢＩ。

葬儀は。

家族葬でやるらしい。おれも呼ばれていない。なあフランク、これで十五人目だ。

おれの、いや、あんたの小隊で十五人目。

やりきれないよ。

あんたは大丈夫なのか、フランク。

どうにか。

奥さんは元気か。

だと思うよ。

だと思うって、そこにいないのか?

まあ、いろいろな。オスカーの件、知らせてくれて礼を言うよ。

ああ。だけど、くそったれめ、オスカーの奴。あいつに言えるのは、先に地獄で待っててくれってことだよな。おれたちもすぐ行くからってさ。

それはちがうぞ、アレックス。男は携帯電話を強くにぎりしめて言う。おれたちはもう地獄に行ってきた。カンダハールに。


いつのまにか窓の外の空がうっすらと白みはじめていて、ソファに横たわっていた男は窓をぼんやり見つめたあとでバスルームに行き、顔を洗い、ふたたびリビングのソファに倒れこむようにすわって煙草を一本吸い、それからバスルームへ戻って歯を磨《みが》く。そのあとにまたリビングのソファにすわり、また煙草。ジッポーライターをテーブルに戻して、同じテーブルにあるジム・ビームの空き瓶を凝視し、自分が昨夜にそのバーボン・ウイスキーを飲み干したのかどうかを思いだそうとするが、はっきりと思いだせない。

少尉、一杯どうです。

昨夜に酒を飲んだ記憶はないが、今は亡きオスカー・パーシングの口癖を思いだすことはできる。頭に浮かぶかつての部下の声を振り払い、男は自分に言い聞かせるように考える。ここに客が訪ねてきておれが酒をふるまった記憶がないのなら、ようするにおれが飲んだってわけだ。

男はふたたびバスルームへ行って鏡を見る。ソファで横になっているあいだにできた寝癖を、櫛《くし》でなでつけて直そうとするが直らない。男はしかたなくシャワーを浴び、髪を洗い、濡れた髪をタオルで拭《ふ》いている途中で、さっき歯を磨いたのかどうか思いだせなくなり、歯ブラシに歯磨き剤をつけて歯ブラシを口にくわえる。

リビングのソファに戻り、煙草を吸おうとするが、ジッポーライターの火がつかない。男は何度も点火を試み、手のなかで小さな火花を散らしているライターを見つめる。サテン・クロームのケースに刻まれたSEPTEMBER 11, 2001 WE WILL NEVER FORGET!（二〇〇一年九月十一日をわれわれは絶対に忘れない）の文字。

ジッポーライターのオイルが切れている。男はリビングやキッチンや自分の部屋で交換用のオイルの缶をさがしまわるが見つからず、捜索を続けるうちに、ふと店のレジカウンターの下の棚でその缶を見かけた気がしてくる。

朝の四時半、男は裏口から金物店に入り、明かりをつけ、レジカウンターの下の棚をさがして、ほどなく交換用オイルの缶を見つける。男は椅子にすわって、ジッポーライターにオイルを注入し、煙草をくわえて火をつける。

煙を吐き、少しずつ明るくなっていく二十五番通りに目を向けた瞬間、男はぎょっとして動きをとめる。ショーウインドウにおろした鉄格子のシャッターの隙間の向こうに人影がある。人影はこちらを見ている。

たまたま午前四時半にやってきたおかげで、無人の店を狙った強盗と出くわしたのか。男の脳裏に、自宅に保管している銃が浮かぶ。男は用心深く店の外を見つめる。立っている人影は、こっちに向かって手を振っている。よく観察すれば、見覚えのある男が。

男は鉄格子のシャッターを開け、店のドアをひらき、早朝の路上に立っている相手を見すえて言う。店はまだ開けてないんだが。何の用だ。

エンジンオイルは売ってないかなと思って。

今しがたライターにオイルを注入したばかりの男は、相手が冗談を言っているのかと勘繰《かんぐ》り、眉をひそめる。何のオイルを交換するんだ?

エンジンオイル。

こんな時間にか。

ちょうど仕事場から車で帰ってきたところなんだよ。

夜勤明けか。

まあ、そんな感じだね。それで、この店にエンジンオイルは売ってなかったかなと思って、ショーウインドウだけ眺めるつもりで前を通ったら、明かりがついたから。

あんたの車はどこだ。

これだよ。

あんた近くに住んでいたよな。

ああ。三ブロック先。家に帰る前にここを通ったんだ。

それで何の用だ。

さっきも言ったけど、エンジンオイルを。

そうだったな。在庫はあるよ。たぶん。男は短くなった煙草を人差し指と親指でつまんで口から離し、煙を吐きながら相手の背後の車を見る。あんたの乗ってる車種はトラバースか。

4

自宅の階下のガレージから聞こえてくる音で、バーナムは目を覚ます。その音が途切れると、二階の部屋に異様な静けさが訪れる。

また音。

足音。

コンクリートの床に缶が置かれる音。

工具が金具に触れるかすかな響き。

音が途切れる。そしてふたたび、自分のいる部屋が水の底に沈んだような、これまで経験したことのない静寂がやってくる。

ふいにバーナムは気づく。異様なのは、物音がやんだときの静けさではなく、自分の聴覚の鋭さじゃないのか。

窓は全部閉め切っている。にもかかわらず、二階の部屋にいるバーナムの耳は、ガレージの物音を明瞭に聞きとっている。集音マイクをある一点にだけ向けたように、かぎられた区域の音が高感度で拾《ひろ》われてくる。

ガレージに誰かがいる。

バーナムは両目をしっかりと見ひらき、ベッドの上で半身を起こす。父親の部屋に保管されている銃のことを考える。母親からは自衛《セルフ・ディフェンス》用だとしても数が多すぎるわ、とあきれられ、なかば嘲笑されている銃たち。

バーナムは枕元で充電している携帯電話のディスプレイで時刻をたしかめる。午前五時二分。物音に耳を澄ましながら、ベッドの端でひらかれたままになっているシカゴ大学出版局の書籍に目を向ける。モノクロ写真で構成されたお気に入りの三葉虫の図録。バーナムは図録に手を伸ばし、そっとページを閉じる。ベッドから抜けだす。

父親の部屋の銃は借りずに、化石のクリーニングに使っているタガネをにぎって階段をおりる。

一階のキッチンの流しに置かれた皿。

リビングのテーブルに残された半分水の入ったグラス。

転がっているサプリメントの容器。

自分が二階で寝ているうちに帰宅した母親が食事を済ませた痕跡を横目に、玄関のドアを開けて外に出る。疲れて眠っている母親を起こそうとは思わない。

足音を忍ばせてガレージに近づく。母親が通勤で乗っているホンダのフィットのそばにレンチが転がっている。タイヤ泥棒が来たのかと思い、バーナムは手にしたスティール製のタガネを強くにぎる。だが家の前の二十二番通りを振りかえった瞬間、相手は泥棒でないと気づく。

路駐してあるシボレーのトラバース、色はサミットホワイト、車体はジャッキで持ち上げられ、わずかに宙に浮いている。バーナムは右手のタガネをジーンズのポケットに隠し、トラバースのボンネットを開けてなかをのぞきこんでいるうしろ姿に呼びかける。父さん。

呼びかけられたジョン・クロネッカーは息子のほうを振り向き、すぐにトラバースのボンネットの内側に視線を戻す。おまえか《オー・イッツ・ユー》。早起きだな。

父さんのせいで起こされたんだよ。泥棒かと思って。

うるさかったのか？　かなり静かに作業してるつもりだったよ。

何やってるの。

エンジンオイルの交換。

こんな朝から？

オイルが買えたからね。エンジンが冷めるのを待ってるんだ。

ぼくも手伝うよ。

そいつはありがたい。

ガレージのなかでやらないの。

母さんの車があるだろ。邪魔だって怒られる。

いつ帰ってきたの。

さっき。

リーハイから？

あの町に工場と宿舎があるからな。

帰ってきたのは、ひさしぶりだね。

そうか？　いや、そうだな。

およそ百キロメートルのドライブのあと、土曜日の早朝に自力でエンジンオイルの交換をしようとしている父親の背中を、バーナムは路上に立ってじっと見つめる。ジーンズのポケットに手を入れると、万が一に備えて持ってきたスティール製のタガネに指先が当たる。今日帰ってくるって、母さんに言った？

テキストメッセージは送ったよ。答えながら、バーナムの父親は車のボンネットのなかをのぞきこむ。母さんからの返信はなかった。いつもどおりだ。

いつまで休み？

明日の夜まで。
忙しいんだね。
ああ。現場を管理できる人間の数が足りてない。
そういう仕事って、全部AIがやってくれないのかな。
やってくれたらいいよな。でも、工場っていうのは不確定要素が多いんだ。相手が
リチウムイオン電池だと特にな。
今日はどうするの。
オイル交換が終わったら、この車でサンダーズマートに行くつもり。
どこの。
リバーデイル。
何を買うの。
銃のメンテナンス用品。帰ってきたときに、まとめて手入れしておかないと。
じゃあ、ぼくもついて行くよ。
おまえもサンダーズマートに用があるのか。
化石のクリーニングに使える工具をさがすよ。あと靴も。

父親と息子は朝食をとらずにシボレーのトラバースに乗りこみ、サンダーズマートへ出かける。

シートベルトを締めたバーナムは、膝《ひざ》の上に未開封のタキス（メキシコで製造されるスナック菓子）の袋を載せている。好物のホット・チリペッパー・アンド・ライム味。

それ、食べないのか。交差点でトラバースのハンドルを左に切りながら父親が訊く。

うん。バーナムは答える。

気にせず食べろよ。

いいんだ。スパイスで指が真っ赤になるから。これ持ってきたのは、ちょっと失敗だったよ。

親子が同乗した白いSUVは、州間高速道路15号線に入り、南に向かう車の流れに乗る。車の数は多くない。四月の土曜日の朝、片側四車線のまっすぐな道を、青空を南に漂う雲を追いかけてトラバースは走りつづける。
四、五年前だったかな。フロントガラスの先を見つめる父親は言う。このハイウェイでおかしな事件があっただろう。

何だっけ。未開封のスナック菓子の袋を膝に載せたバーナムは訊きかえす。ニュースはあんまり見ないから。

かなり大きなニュースになって報じられたぞ。学校で話題にならなかったのか。なってたのかな。

一台のSUVがこのハイウェイをふらついて走っていたんだ。それでハイウェイ・パトロールが追っかけてきて、脇に停車させた。蛇行しているから飲酒運転だと警官は思ったんだよ。じつを言うと、おれも偶然にその様子を見たんだ。

そうなの？

もちろん、通りすぎる一瞬だけだよ。ハイウェイだしな。追い抜きざまに、とめられた車のリアガラスのワイパーが一度か二度動いたのを見た。だけど天気は今日みたいに快晴だった。それでおれも、運転手は酔っ払いか、でなきゃ大麻でも吸ってるのかと思ったんだ。

結局何だったの。

ハイウェイ・パトロールの警官が車内をたしかめたら、五歳の男の子がいるだけだった。ほかに誰もいない。そりゃ警官はびっくりするよな。運転手はどこにいるのかと男の子に質問するうちに、警官はもっと驚かされた。SUVを運転してきたのは、その子だったんだ。五歳だぞ。

五歳か。

男の子はカリフォルニアに行くつもりで、しかも向こうでランボルギーニを買うつもりだった。

どうしてカリフォルニアだったのかな。

身内の誰かがそっちに住んでたらしい。男の子の所持金は三ドルだった。

そのことは母さんに話した？

とめられた車を偶然に見かけたことか。

うん。

いや、話してない。

話したらいいのに。

どうなのかね。ハンドルをにぎる父親は肩をすくめる。リーハイの工場に行く途中だったから。こっちに帰ってきたときには、たぶんおれはすっかり忘れちまってたんだろうな。それに、ああいう出来事は母さんのほうがきっと詳しいよ。

トラバースは目的地に着く前に一度ハイウェイをおりる。二人が気に入っているハンバーガーチェーンのイン・ヤン・バーガーの店舗に立ち寄り、ドライブスルー用の車線に入る。

父親が店員からベーコンエッグサンド、ハッシュドブラウンズ、ドクター・ペッパー、ホットコーヒーの入った紙袋を渡されると、バーナムは持ってきたタキスの袋をダッシュボードに収め、それから父親の手にした紙袋を受けとり、それを膝の上で抱きかかえる。

すぐ食べるか、と父親が訊く。

父さんは。

おれはサンダーズマートの駐車場に着いてからだ。

じゃあ、ぼくもそうするよ。

別に今食べてもいいんだぞ。

あとでいいよ。

クロネッカー親子の乗ったトラバースは、リバーデイルにあるサンダーズマートに着く。午前八時前。二人は広い駐車場の一画にとめた車内で、ドライブスルーで買ったベーコンエッグサンドとハッシュドブラウンを食べはじめる。父親はドクター・ペッパーを飲み、バーナムはホットコーヒーを飲む。

GMCの大きなピックアップトラックが、巨大な熊のように目の前をゆったりと横切るのをバーナムは眺める。すでに営業を開始している店内のドアに人影たちが吸いこまれていく様子を眺める。助手席側の窓に目を移して、ワサッチ山脈が空にえがく稜線《りょうせん》を眺める。山頂の残雪が日の光に輝く。青空と山、そのまま切り抜かれてカレンダーの写真に使われそうな景色。そのうちバーナムは、本当にカレンダーの写真を見ている気がしてくる。

そういや知ってるか。ドクター・ペッパーをひと口飲んでから、父親が言う。こういうだだっ広い駐車場で、大勢の人間が命を落としてるんだ。今、おれたちのいるような場所で。

駐車場は危険な場所だってこと？　バーナムはワサッチ山脈から父親の横顔に視線を動かし、それから父親の視線に合わせるように駐車場に目を向ける。

父親はうなずく。サンダーズマートみたいな大規模小売店だとか、ほかの大きなショッピングモールの駐車場とかだ。車上荒らしと出くわして撃たれたり、車泥棒に撃たれたり、利用客の乗った車に轢《ひ》かれたり、とにかくたくさんの犠牲者が出てるんだよ。

父さんもトラブルに遭《あ》った？

いや、おれはない。ただ、そういう統計を報じるニュースを見たんだよ。強盗が多かったな。

家にある護身用の銃を持ってくればよかったね。

隠し携帯用《コンシールド・キャリー》の一挺《いっちょう》は持ってきた。

そうなんだ。

この駐車場にいる人たちも、そうしてるんじゃないか。

ぼくたちも気をつけないとね。

そのとおりだな。しかし駐車場だぞ。駐車場で死ぬってどういうことなんだ。ここは戦場なのか。

戦場じゃない、駐車場だよ。

なあバーナム。最近、おれはニュースを見るたびに思うんだよ。それはな、アメリカっていう国は問題を抱えてるってことなんだ。

父さん、それ冗談で言ってるの。

父親はドクター・ペッパーを飲みほし、息子の顔を見る。そして唐突に言う。高校生活はうまくいってるか。問題ないか。

バーナムはベーコンエッグサンドをかじり、コーヒーを飲む。それから答える。問題は特にないよ。

月曜日の朝、バーナムはサンダーズマートで父親に買ってもらった白いスニーカーを履き、ウィットロー高校に登校する。

自分のロッカーの前に立ち、扉に指をかける。先週の下校時と同じように開かないのをたしかめる。周囲の生徒がそれぞれの扉を開け閉めする音が響くなかで、バーナムは扉と本体の溝にクラフトナイフの刃を当て、上下に動かして、固まった接着剤を切断する。急がなければ始業時間になる。映像で見たレスキュー隊の様子を思いだす。車内に閉じこめられた親子を、車のドアを破壊して救出しようとしている姿。

ようやく扉を開けたロッカーのなかに、バーナムは先週しかたなく持ち帰った統計学の教科書を収め、入れ替わりに、今から受ける授業に必要な教科書を取りだす。

下校時間になり、ロッカーを開けようとする。また扉の溝に接着剤が塗られている。バーナムはクラフトナイフを取りだし、大急ぎで扉を開ける。スクールバスの発車時刻に間に合うだろうか、と思いながら。

火曜日の朝も、やはり扉は接着剤で固定されている。

水曜日の朝も。

木曜日の朝も。

バーナムが扉をこじ開けても、下校時にはふたたび接着剤で固められている。

金曜日の昼、バーナムは思い切って校内設備担当の管理人に相談する。誰かがぼくのロッカーの扉に接着剤を塗っているんです。

話しかけられた管理人は、まるで遠い過去の記憶をさぐっているような、ぼんやりした目つきでバーナムの顔を見つめかえす。

もう六日間やられました。話しながらバーナムは手に汗をかく。ロッカーの上の天井に防犯カメラがあるんですよね。あれに犯人が写ってるんじゃないかと思いまして。

何回やられたって？　と管理人は言う。

回数ですか。たぶん九回だと思いますけど。

できるだけ調べてみるよ。

その日の下校時、ロッカーの前に立ったバーナムの後頭部を衝撃が襲う。視界が揺さぶられる。バーナムは反射的に抱えていた教科書とノートとペンケースを落とし、空いた両手で頭を抱える。いきなり殴られた痛み。動悸が速くなる。バーナムはうしろを振り向き、いびつな塊《かたまり》が廊下を転がる様子を見つめる。褐色の表面に茶褐色の斑点が散らばっている。腐敗した人間の死体の一部を連想させるような、不気味な物体。

その場にいた数人の生徒が思わずのけぞって、廊下を転がってくる物体から遠ざかる。

バーナムは自分にぶつけられた物体の正体に気づく。

それは泥のついた一個のジャガイモだった。

バーナムは周囲を見渡す。予測不能な軌道で廊下を転がるジャガイモは、後頭部の痛みに耐えるバーナムよりも注目を浴びている。ジャガイモ以下の存在感か、とバーナムは思う。そしてジャガイモが転がっていく先に、笑っている二人の姿を見つける。

父親が元プロテニス選手のコール・アボット。

彼のガールフレンドで歌が上手なリリアナ・ムーア。

笑いながらコール・アボットが発した言葉をバーナムは耳にする。ハロー、ジャガイモ頭《ポテトヘッド》。

何の前触れもなく、ある日唐突にはじまったコール・アボット——と傍観者リリアナ・ムーア——によるバーナムへのいやがらせは毎日続く。月曜から金曜まで。バーナムはロッカーの扉を接着され、頭にジャガイモをぶつけられ、新しいリーボックのスニーカーに唾《つば》を吐かれ、ガムを吐かれ、教室への移動中やスクールバス乗り場に向かっている途中、背後から駆け寄ってきたコール・アボットになかばタックルのような乱暴さで肩を組まれ、二人そろっての携帯での自撮り《セルフィー》を強制される。コールはシャッターボタンに触れるとき、こう叫ぶ。**エイリアン捕獲！**　その様子を見ているリリアナが大声で笑う。明るく、ややハスキーな笑い声。

捕獲写真を撮られるバーナムは、自分の姿が地球外生命体として、スナップチャットやワッツアップを通じて、高校中に拡散されていく様子を思い浮かべる。高校からニューオグデンの町へ、全州、全国、いずれは世界へ。

バーナムは思う。ユタ州は十八歳未満のソーシャルメディア利用を規制しようと法案を作ったりしている。だけど、それは自分を助けてはくれないだろう。抜け穴なんていくらでもあるわけだし。

校内のカフェテリアで、バーナムはいつものように一人で昼食をとる。校舎のどこで食べるのも生徒の自由だが、屋外に出れば、うしろからコール・アボットが投げてくるジャガイモの標的になる。それを避けるために、しかたなくカフェテリアの壁際にいる。それでもバーナムは注意深く周囲を見渡し、敵がいないのをたしかめ、トレイに盛った食事をフォークですくって食べはじめる。

味がほとんどしない緑野菜のペースト、味の薄い大豆ミート、茹《ゆ》ですぎたマカロニチーズ。

まるで収監された囚人のようだと思いながら、壁際の席で寡黙な食事を続けるうちに、誰かが自分のテーブルに近づいてくるのに気づく。トレイを持った背の高い生徒、だらしなく肩まで伸びた黒い髪、丸い顔、野暮ったい黒縁の眼鏡に黒いTシャツにジーンズ。バーナムは思う。おっとりした巨人といったこの風貌は、とても十代には見えず、生徒の保護者だといっても通じるかもしれない。

ここ、いいか。タキオ・グリーンは訊き、バーナムが答える前に向かいの椅子にすわる。エリア51で苦労してるみたいだな。

エリア51。

捕獲されたエイリアンの写真だよ。

ああ、あれか。ぼくの顔がネットに流れてるんだね。

コール・アボットは救いようのない馬鹿だ。

バーナムは黙って食事をすすめる。

壁際にすわるのはいい考えだ。少なくとも背中から襲われる心配はないし。ジャガイモって、思い切り投げつけられると痛いだろ。人間の拳《フィスト》で殴られる感触に近いと思う。

バーナムはマカロニチーズを刺していたフォークをとめる。きみもぶつけられてるの。

ジャガイモ投げは、あいつのテロ攻撃のバリエーションの一つだ。

テロ攻撃という言葉を聞き、タキオが前にも同じ言葉を使っていたのをバーナムは思いだす。目の前にすわっているタキオの顔を見上げる。

タキオはバーナムの抱いた疑念を察して言う。テロ攻撃っていう表現、奇妙に思うか。

バーナムは何も答えない。

いいか、あいつがおれたちにやっているのはテロ攻撃であって、未成年《マイナー》のいやがらせだとか、少年《ジュベニル》（アメリカの刑事司法では少年を指してジュベニルという語が使われる）によるいじめっていう言葉を当てはめるべきじゃない。これはれっきとした、侵略戦争なんだ。どんなに小さなものでも、おれはきっちり数をカウントしてきた。今までに八百九十一回の攻撃を受けたよ。

そんなに？　バーナムは太い眉をひそめる。

タキオは肩をすくめる。おれがしょっちゅうテロ攻撃されているのに、おまえは全然気づかなかったのか。

バーナムは沈黙する。それからテーブルに視線を落として言う。気づかなかった。ごめん。

まあ、そんなもんだ。タキオはおだやかな低い声で言う。ここは生徒数も多いしさ。人間はものごとの当事者になってみないと、目に入らないことが多いよな。だいたいおまえは、他人に関心がないみたいだしな。ロッカーの前で教えたおれの名前だって、もう忘れてるだろ。

タキオ・グリーン。

おぼえていてくれたのか。

バーナムは返事をせずに、紙パック入りの低脂肪のミルクを飲む。

そいつはうれしいね。取り立ててうれしくもなさそうな様子で、タキオは言う。おれのほうは、おまえより長くやられてる。中学校《ミドルスクール》のころから狙われてるよ。この春学期の終わりまでには、受けたテロ攻撃の数は九百回の大台に乗るだろうな。もっとも昔は、コールの横にリリアナはいなかった。彼女は今年になって攻撃に加わった。

きみとぼくだけなのか、この高校であいつにやられてるのは。

選ばれし者はおれたちだけだろうな。ところで、おれはきみの名前をまだちゃんと聞いてない気がするんだが。

バーナムはため息をついて答える。バーナム・クロネッカー。

クロネッカー？　タキオは腕を組んで、大きな背中をわざとらしくのけぞらせて訊く。本当に？

本当だよ。

綴《つづ》りは？

K、R、O、N、E、C、K、E、R。

もしかして、あの数学者と親戚だとか？　〈クロネッカーのデルタ〉の。

前に数学の先生にも同じことを訊かれたよ。ちがうと思う。

そうなのか。

先祖はユダヤ系ドイツ人の移民だった。代々靴屋だったらしいから、有名な数学者とは関係ない。

だけど、いいファミリーネームだ。

普通の高校生は〈クロネッカーのデルタ〉を知らないよ。単位行列だとかはぼくにも意味がわからない。きみは数学が好きなのか。

好きだね。ただし、かなり個人的にだ。

個人的にって？

学校の成績に役立たない範囲で詳しいってこと。じゃあ、あらためてよろしく、バーナム・クロネッカー。おれたちは弱き仲間だ。

仲間か。

被害者の会。そうだろ？　コール・アボットとリリアナ・ムーアによるテロ攻撃被害者の会。

あいつら何なんだ。

コールとリリアナだよ。われらがウィットロー高校が誇るジョックとクイーン・ビーだろ。タキオは答えながら、持ってきたトレイに盛った大豆ミートをスプーンですくい、ブラウン・ブレッドの表面に塗《ぬ》りつける。

ぼくたちが攻撃される理由は?

たぶんないよ。

ない?

以前は、おれがアジア系だから狙われてると思ってた。母親が日本人だから。だけどバーナム、おまえもあいつの攻撃対象になって、そうじゃないとわかったんだ。おまえはホワイト・ノイズだし。

ホワイト・ノイズって、どういう意味。

白人ってこと。元は周波数の用語。

じゃあ、アジア人は何て言うの。

警戒警報《イエロー・アラート》。

へえ。そんな言い方があるんだね。

さあな。おれだけがそう言ってるのかもしれないけど。まあ、おまえがホワイト・ノイズだとしても、コール・アボットが白人至上主義者でないっていう確証にはならないけどね。

うん。

コール・アボットの攻撃に大した意味なんてないんだ。おれたちを狙う深い理由はないんだよ。あいつは馬鹿なんだから。理由があるとしたら、おまえもおれも一人ぼっちですごしているからだ。それだけ。不条理《アブサード、イズント・イット》だよな？　不条理ってドイツ語でなんて言うんだ？

知らない。ドイツ語はできない。

とにかく、おまえに落ち度はない。おれにもない。そして誰もが見て見ぬ振りをしているのさ。というか、攻撃の認識すらしていないんだ。以前のおまえがそうだったようにね。

バーナムはタキオの目を見る。レンズの度で小さく映る目。ごめん、とバーナムは言う。

タキオは大豆ミートを塗ったブラウン・ブレッドをかじり、ポケットから出したハンカチで口元をぬぐっている。妙に大人びた態度で、淡々と食事を進めるタキオを見ながら、バーナムは思う。この高校のカフェテリアで、自分が誰かと話すのはこれが最初だな。

バーナムは小声でタキオに打ち明ける。じつは管理人に言ったんだよ。

何を。

ロッカーの扉を接着してる奴が、防犯カメラに写ってるんじゃないかって。

でも、何も起きなかっただろ。

うん。何も起きなかったよな。

そのはずだ。

きみはコールの祖父が上院議員って言ったけど、こういうのが権力なのか。

それもある。だけど、もっと大きいのは寄付のパワーだ。

寄付？

コール・アボットの父親が毎年、この高校に寄付してる。去年、陸上短距離走用のレーンが突然グラウンドに作られただろ。

うん。

あれもほとんどコール・アボットの父親の金。

そうなのか。

言っとくけど、こいつは世間で流行してる陰謀論《コンスピラシー・セオリー》じゃない。口座を調べたらすぐにわかる。ヒエラルキーの下層にいるおれたちは、この高校から切り捨てられたんだ。巨額の寄付を相手に秤《はかり》にかけられてね。こういうのがアメリカだ。たとえば、合衆国憲法に生存権の規定はない。

どういう意味？

結局のところ、危機は自力でどうにかしろって意味。

その日の統計学の授業が終わり、バーナムは国語《ELA》の授業がおこなわれる教室に向かって、長い廊下を歩く。遠くにタキオの背中を見つける。身長百九十六センチメートル、カフェテリアで本人に聞かされた数字。

タキオの長身の頭に向かって、左側からジャガイモが飛んでくる。それは彼の側頭部にぶつかる。タキオは一瞬首を右に曲げ、立ちどまり、すぐに歩きだす。

廊下を転がったジャガイモをコール・アボットが拾い上げる。その様子をバーナムは遠くからじっと見ている。タキオがカウントしたはずのテロ攻撃。

まっすぐな廊下、たくさんの生徒たち。

リリアナ・ムーアの高らかな笑い声が、しだいにバーナムの耳に近づいてくる。コール・アボットの悪意をカジュアルさで包みこむような、耳ざわりのよいハスキー・ボイス。

彼女の笑い声は、音楽のボリュームを、無音状態から少しずつ上げていったように、はっきりとした響きになる。バーナムは思う。今みたいに聴覚が鋭くなったことが前にもあった。父さんが早朝のガレージで物音を立てたときに。

ジャガイモを手にしたコール・アボットは、タキオの背後からそれをもう一度投げ、タキオの後頭部に命中させる。その瞬間をバーナムは眺めている。マイクで拾ったように明瞭に聞こえるリリアナ・ムーアの笑い声、コール・アボットの、**よっしゃ!**《ブーヤー》という叫び。褐色のジャガイモが廊下を転がる。

バーナムは自分の後頭部に手を当てる。タキオが受けたダメージに、自分も見舞われたように感じる。ヒエラルキーの最下層。弱き仲間の痛み。

中間試験が終わった五月初週の水曜日。

バーナムは自分で組んだ時間割にしたがって、校舎一階にある生物室で生物の授業を受ける。生物はもっとも好きな授業だ。だがバーナムの楽しみは、非常ブザーの鳴り響く音で中断される。やかましい音にアナウンスが続く。

アクティブ・シューター訓練《ドリル》。これは訓練です《ディス・イズ・ア・ドリル》。アクティブ・シューター訓練。これは訓練です。

アナウンスと同時に生徒たちは椅子から立ち上がり、まるで魔法を唱えるかのように口々に暗唱する。

走る《ラン》、隠れる《ハイド》、戦う《ファイト》。

バーナムも立ち上がるが、何も言わない。彼は教わった魔法を唱えない。バーナムはただ、トランシーバーにイヤホンのプラグを差した生物教師がドアから廊下へわずかに顔を出して、人影の有無を確認する様子を見守っている。

廊下の左右をたしかめていた生物教師が、教室内を振りかえり、抑えた声で指示を伝える。

隠れる《ハイド》の指示を認識した生徒たちは、廊下側の窓から急いで離れ、机の下にもぐりこむ。バーナムも解剖用のアマガエルが飼育されている水槽の近くに身を隠す。

予告なしのアクティブ・シューター訓練。バーナムは去年の訓練後の騒ぎを思いだす。

去年はキャンパス・ポリスの一人が仮想アクティブ・シューターの役を演じ、弾を装塡していない実銃を携行して、校内の廊下を歩きまわった。しかし、たとえ訓練であっても、本物の銃は生徒たちに強い不安をあたえた。訓練後、その生徒たちはスクールカウンセラーの部屋の前に長い行列を作った。

保護者は子供たちの心を脅かした訓練への抗議のために来校し、ウィットロー高校の校長は、そこまでネガティブな反応が引き起こされるとは予期しなかった、と弁明した。校長は現実に近づけすぎた訓練の弊害を謝罪したのち、来年はアクティブ・シューター役を清掃員に、携行するのは銃からモップへと変更させると明言した。

施錠したドアの真下にかがんだ生物教師は、耳に入れたイヤホンに軽く指を触れ、トランシーバーに飛ばされてくる指示を注意深く聞いている。一分おきに四つずつ、各階の教室がランダムにアナウンスされる。2-D、1-A、3-H、美術室。

やがて生物室が呼ばれると、生物教師は抑えた声で生徒たちに呼びかける。移動だ。体育館へ行こう。みんな、頭を低くして廊下へ出るんだ。

雷を恐がる人々のように生徒たちは頭を低くし、廊下を小走りで進み、バーナムも行動を共にする。生物室から体育館へ。

その日登校しているウィットロー高校の全生徒千七百二十二名が、グラウンドの直射日光を避けて、蒸し暑い体育館に集められる。

　訓練冒頭で教室名を呼ばれてやってきた生徒たちは、学年に関係なく居心地のいい観客席の椅子にすわっているが、遅れて着いたバーナムたちは、床に腰をおろすしかない。

　五月のユタ州は何度も猛暑日を繰りかえしている。体育館のエアコンは二日前に壊れてしまっている。いまだに修理業者が来ていない。応急処置として持ちこまれた大型の業務用扇風機が風を送っているが、たいして室温はさがらない。

　業務用扇風機のモーター音を聞きながら、バーナムは体育館に設置されたステージを見つめる。

　教師たち。

　常駐するキャンパス・ポリス。

　この日のために来校した別の二人の警官。黒人の男と白人の女。

　こういうアクティブ・シューター訓練があるたびに、バーナムは母親がやってくるんじゃないかと気にしている。だが、今日も姿はない。彼は胸をなでおろす。

　黒人の男の警官がマイクを手にして、ユタ州警察本部から派遣されてきました、と自己紹介する。それから話しはじめる。

　床にすわったバーナムたちは、文系科目《ヒューマニティーズ》でも理系科目《ステム》でもない、高校銃乱射事件《ハイスクール・シューティング》が発生したときの対応について聞く。

警官はよどみなく語りつづける。あわてずに、自分の置かれている状況を判断してください。先ほど挙げた三つが行動の基本です。力を合わせて戦うのは最後の手段になります。

スピーカーを通じて伝えられる警官の話に、バーナムにとって新鮮な情報は特にない。バーナムは数人の生徒があくびをしている様子を目にし、無理もないな、と思う。在校生のグレード9から12までの全員が、火災訓練などと合わせて、小学校のころからアクティブ・シューター訓練を受けてきている。

バーナムは体育館の窓の外を眺める。壊れた空調のおかげで窓は開け放たれ、はるかな青空と遠い山並みが見え、旗棒《ポール》に掲げられている四つの旗、星条旗、ユタの州旗、ニューオグデンの市旗、ウィットロー高校の校旗が、それぞれ熱気をはらんだ風に吹かれている。

暑いな。

五月でこれだ。やってられねえよ。

二人の男が話す声を、ふいにバーナムは聞きとる。生徒ではない、もっと歳上の声だが、教師の口調でもない。

訓練のおかげで、モップがトラウマになる子が出てきやしないかね。下手したら、こいつを見て銃を連想しちまうだろ。おれらの仕事道具だぞ。

だな。

最近の子供たちは繊細すぎる。Z世代っていうのは。

モップ以外の物を持ちましょうかって、おれは提案したんだ。でも結局このモップになっちまった。

話している一人は、さっきの訓練で犯人役を演じた人じゃないのか、とバーナムは推測する。さりげなく体育館を見渡すが、清掃員の姿はない。それに清掃員なら、警官がマイクで話している最中の場で堂々と私語を交わすはずがない、と思う。だとすればこの声は、本来聞こえるはずのない距離で交わされている会話だ。たぶん体育館の外で。バーナムはため息をつく。またこれだ。異常な聴覚だ。

それにしたって暑すぎるね。

過去十二万年以来最高の気温だとか、そういうやつだ。

それは去年の話じゃなかったか。いや、二年前か。

何にせよ、地球温暖化だ。この世は終わりに向かってる。今はそういう時代だよ。

たしか名前もついてる。

どういう名前。

何だっけな。アンソロジーとか、そんな感じの名前だったはずだ。

開いた窓の先の炎天《えんてん》を眺め、どこか遠くで交わされる清掃員同士の会話を聞きとりながら、バーナムはつぶやく。

アンソロジーじゃなくて、人新世《アンソロポセン》だよ。

体育館の床にすわっているバーナムの額に、汗の粒がにじんでくる。

5

GMCの黒いピックアップトラックを運転しながら、男は何度もバックミラーをのぞき後方をたしかめる。何も積まれていない荷台、遠ざかるニューオグデンの簡素な町並み。それらのすべてが、すでに真夏のような五月の日射しに照らされて映る。

バックミラーの枠のなかで、自分の背後を繰りかえし見ているうちに、男はピックアップトラックの空っぽの荷台に、かつての仲間たちが乗っている気がしてくる。

かつて共に戦った仲間たち――彼らはアサルトライフルを抱えて、砂漠用迷彩の戦闘服を着て、荷台でゆらゆら揺られている。何世代にもわたって受け継がれてきたアメリカ合衆国陸軍兵士特有の、煤《すす》に汚れた、くたびれた顔つきで。ぼんやりした目を宙に向けて。皆疲れているが、気を抜いてはいない。そのうち空から迫撃砲の攻撃があることも、ビルの屋上からカラシニコフの銃弾が降り注いでくるのもわかっている。地面には地雷が埋められているが、たとえ地面をにらんだところで地雷に対応できないから、下を向いている者は誰もいない。運頼み。たいていは車列の先頭車両が吹き飛ばされる。まれにそうでない場合もある。先頭車両は無事なのに、後続車両が地雷を踏むケース。そんなとき、先頭車両に乗っていた兵士たちは、後続車両といっしょに火だるまになった兵士たちのことを、まるで自分の手で殺してしまったみたいに感じる。おれは自分が生き残るかわりに、あいつらの命を死神に売ったのだ、と。

ハンドルをにぎる男は、ピックアップトラックの荷台で、亡霊となりながらなおも戦闘服を着ている全員の名前を覚えている。小隊の部下たち。オスカー・パーシングがいて、スティーヴン・エレフソンがいて、ニコラス・グッドリッジがいる。ジョナサン・トレイナー、リチャード・ウォーラム、フレデリック・ハンソン、マックスウエル・ベックリー、ダニエル・ノース、マイケル・ハウスホールド、ロジャー・クレイン、アーノルド・ディロン、フィリップ・クランマー、ポール・ベイシー、ピーター・ローウェル、〈スティッチ〉のあだ名で部隊の人気者だったマシュー・ガウアー、誰もが二十代、それは男も同じだ。ほぼ全員が喫煙者だが、移動中の車両での喫煙を男は許可しなかった。特に市街地では。部下たちはよく躾《しつ》けられた犬のように、小隊長が車をとめて、よし煙草休憩だ、と声をかけてくれる瞬間を待っている。男の視界に映るニューオグデンの通りが、カンダハールの町の記憶にすり変わっていく。いきなり戦闘がはじまる。男にとって三回目となる最後の派兵。二〇一一年。地獄のアフガニスタン。

銃声、白煙、黒煙、炎、油の臭い。

悲鳴、失神しそうなほどの怒り、本当に失神する痛み。

血しぶき、血の滝、血の海。

男は荷台で敵と交戦する十五人の亡霊を見つめる。記憶と傷と幻影が入り混じる。カーラジオからカントリー・ミュージックが流れている。男は十五人が任務の日々を生き延び、帰国したのち、その全員がみずから命を絶った現実を知っている。最新はオスカー・パーシング。

男は思う。結局こういうことになったのなら、おれたちは誰も生還しなかったんだ。おれたちは正義のためにカンダハールに行って、地獄に堕《お》ちて帰ってきた。なぜだ。どうして。

男の目に映る風景は、いつのまにかニューオグデンの町に戻っている。フロントガラスの先を見つめてアクセルを踏む男の視界に、時代がかった建築様式の正面《ファサード》を持つ大きな建物が入ってくる。そのゲートのなかから、一台のパトカーが現われ、男の乗るピックアップトラックとすれちがいざまにサイレンを鳴らし、いっきに加速して走り去る。

バックミラーのなかで粒になるパトカーを眺めた男は、ほどなくブレーキを踏み、ピックアップトラックをとめ、真横にそびえるいかめしい建物を見上げる。よし煙草休憩だ、と男はつぶやく。

男はウィットロー高校の門の前にいる。

強い日射しの下を、警備《SECURITY》のロゴの入ったキャップをかぶった高校の警備員が、男の乗ったGMCの黒いピックアップトラックへと近づいていく。警備員は若く、顔はキャップの鍔《つば》の影に隠れている。このエリアは禁煙ですよ。お子さんのお迎えですか。

別に、そういうわけじゃないんだ。運転席側の窓を開けている男は、火のついていない煙草をくわえて首を横に振る。さっきパトカーがここから出ていっただろ。何かあったのか。

いえ、ここでは何も。

常駐のキャンパス・ポリスです。交代制でいつもいるんですよ。町で事件があると、ときどき応援を要請されて、ああやって出ていくんです。すぐ戻ってきますよ。

誤通報か。

そうなのか。

当校に何かご用ですか。

参ったな。いきなり尋問されるのか？　男は煙草をくわえてつぶやき、警備員の背後の校舎を見上げる。それから警備員に視線を戻し、軽い調子で男は話す。おれは近所に住んでるんだがね。夜中にヘリの音が聞こえるんだ。この高校の辺りから。最近、ヘリポートにヘリが着陸したことはないかな。

いいえ。

妙だな。かなりの騒音なんだが。

警備員はやや顎《あご》を引いて男の目を凝視し、そこに妄想や錯乱の予兆がないかをさぐろうとする。

男は相手の視線に含まれている気配を察する。

そんなにおれが怪しい奴に見えるか。

お気を悪くされたのなら申し訳ないです。これも職務のうちでして。

何なら身体検査を受けてもいいよ。

その必要がありますか。

警備員は男の顔をじっと見る。

男も警備員の顔をじっと見る。

やがて男はわずかに微笑み、おだやかな口調で告げる。おれはここの卒業生なんだよ。

そうなんですか。

ずいぶん増改築されて、内側はすっかりきれいになったらしいね。カフェテリアなんか特に。でもこの大げさな正面《ファサード》だけはずっと変わらないままだな。

私はここの卒業生じゃないので。

いっそ増改築のときに、この正面《ファサード》も取り壊しちまえばよかったんだよ。悪い夢だ。十八世紀のボザール様式っていうんだよな。

私は詳しくないのですが。

ボザール様式だ。歴史の浅いアメリカが、国家に威信を持たせたいがために当時の建築家をフランスにやって学ばせたのが、こういう建築なんだ。

男は苦々しいものを見る目つきで、ウィットロー高校の正面《ファサード》を眺める。光を浴びている陸《ろく》屋根、淡色《たんしょく》の壁、同じ色の壁付き柱《ピラスター》や隅石《クオイン》のブロック、壁面を飾る花綱《はなづな》飾り、アカンサスの葉飾り、入口の上のアーチ。

国の威信ってのがいつもトラブルの元になる、と男はつぶやく。それから声を大きくして言う。で、おれが何の用でここにいるのかって話だったよな。卒業生なんだ、ここの。

それはさっき聞きましたよ。

ここを出たあと、おれはウェストポイントに進学した。

ニューヨークの？

ほかに進学できるウェストポイントがあるのか？　そう言って男は笑う。そのウェストポイントだ。ハドソン川の近くの。

アメリカ合衆国陸軍士官学校（同校の通称がウエストポイント）ですね。

で、そこの卒業後におれは戦争に行った。イラクに一回、アフガニスタンに二回。

あんたは戦争に行ったか。

いえ。でも同僚には行った者が何人かいます。陸軍《アーミー》じゃなくて海兵隊《マリーンズ》でしたが。

そいつは残念だ。できたらその同僚と話したかったな。いや、残念でもないか。戦争ってのは、行ったことのない奴と話せることもないが、行ったことがある奴と話せることもないんだ。

そういうものですか。

たいていの人は、戦後を歴史だと思ってるだろ。だが戦後ってのは症状なんだよ。これは本人にしかわからない。戦場《バトルフィールド》の迷路にはまりこむのさ。戦場に一度足を踏み入れちまったら後戻りができない。抜けだすにはタイムワープして、そこに行かなかったことにするしかない。だけど、そんなことは誰にもできないよな。ああくそ、またヘリの音がする。やかましいな。

ピックアップトラックの運転席から空を見上げる男の視線に合わせて、警備員も空に目を向ける。雲ひとつない五月の青空に。

あいつらの顔はみんな覚えてるよ。男はバックミラーに映る空っぽの荷台を見ながら言う。三回目に派遣された戦場は、くそったれにひどくてね。おれの率いた小隊三十人のうち、十一人がやられちまった。あんた知ってるか？　内臓ってのはぺたぺた貼りつくんだ。車のフロントガラスとか、ドアの上に。あと、膝下からちぎれた足が飛んできてヘルメットに当たると、でたらめに痛い。バットでぶん殴られたような感じで。

男は自分の頭をうしろから殴る仕草をしてみせる。

でも、撃たれるよりはましだよな。だけど、もっとひどいのは国に帰ってきた十五人が自分で自分の命を絶ったことさ。おれの部下ども。カンダハールで死んだ連中の数より多い。部屋で首を吊ったり、屋根の上によじのぼって拳銃で頭を撃ち抜いたり、なぜだか隣の家のプールに忍びこんで、そこでショットガンの銃口をくわえて引き金を引いた奴だっている。よりによってパープルハート章のメダルをストラップに通して首からぶらさげてな。プール監視員のホイッスルみたいにさ。パープルハート章、あんたも知ってるよな。

実物を見たことはないですが。名誉の負傷者に贈られる勲章《くんしょう》ですよね。

あいつら全員が復員軍人病院だとか、復員軍人医療センターだとかに通って必死にもがいていたけど、だめだった。結局は戦場に引きずり戻された。人は戦場の記憶に引きずり戻されるっていうが、そんな生やさしい話じゃない。戦場そのものに引きずり戻されるんだ。まったく気が滅入るよな。あいつら、おれの部下だった。毎日途方に暮れてるよ。おれはこれからどう生きたらいい？　わからない。だからおれはここへ来た。戦場に行く前、おれはウェストポイントにいて、その前はこの高校に通ってた。あのころ、おれはいったい何を考えていたのかね？　ウェストポイントに行ったのがまちがいだったのか。地元の大学に進んでおとなしく金融でも学ぶべきだったのか。だけど戦場は現実にあったんだ。誰かがそこへ行かなくちゃならなかった。おれたちは正義の味方だったからな。ところで、今は何年だ？

警備員は何も答えない。

男は話を続ける。ウェストポイントに進学する生徒は、今年もいるだろう。いずれ戦場に行く奴が出てくる。来年も。そのつぎの年も。おれにはどうしようもない。あんた、おれに何かできると思うか。

警備員は無表情で肩をすくめる。あなたは国のために奉仕したんです。それは敬意を払われるべきことです。

あんた自身はどう思う。

もちろん私も敬意を払います。

アフガニスタンがタリバンの手に戻っちまった今でもか。

はい。

男は二秒ほど目を閉じ、ふたたび目を開ける。それから左手を窓の外に出して、ピックアップトラックの空っぽの荷台に向けて親指を曲げる。

仕事の邪魔をして悪かったな。もう行くよ。こいつを洗車してやらないと。

走り去るピックアップトラックを見送る警備員は、制服の胸ポケットからメモパッドを取りだし、念のために車種とナンバープレートの数字を書きとめる。メモパッドを胸ポケットに戻すと、警備員はキャップを脱いで額の汗をぬぐい、キャップをかぶり直す。そして強い日射しのなかを歩いて校舎へと戻っていく。

6

ユタ州ニューオグデンの気温は上がりつづける。記録的な高温に見舞われた五月が終わり、おそらく同じように記録的な高温に見舞われるはずの六月がやってくる。ウィットロー高校の期末試験はすでに終了している。成績表を渡された生徒たちは足早に帰途につく。春学期が幕を閉じる。秋の新学年を待つ彼ら彼女らの先に、六月から九月までの長い夏休みが微笑みかけている。

成績表を受けとったバーナム・クロネッカーは、下校する前、いつものように接着されたロッカーの扉を、クラフトナイフとマイナスドライバーでこじ開けようと苦心している。そのバーナムの背後に、長身の人影が近づいてくる。

おまえ、まさか落第してないよな、とタキオ・グリーンが言う。

バーナムは手をとめ、無言でタキオを見上げ、ふたたび扉を開ける作業に戻る。落第してない、と答える。

夏休みはどこに行くんだ。

どこにも。両親は忙しいから。きみは?

さあな。とりあえず大麻はやめておく。釣りにでも行くかな。

釣りが好きなのか。

いや。

それなのに釣りをやるのか。

だったら、何をしたらいいんだ。

知らないよ。

旅行以外の予定はないのか。

車の免許を取ろうかとは思ってる。

ふうん。ほかには。

バーナムは答えるのをためらい、ロッカーをこじ開けようとする手をふたたびとめる。やがて口をひらく。化石ショップには行くよ。

化石ショップってどこの？

十一番通りのショッピングモール近くの。店名はクラーク鉱物店だけど。

おまえ、化石集めが趣味なのか。

まあ、そうだね。

恐竜オタク《ダイナソー・ギーク》か。悪くない趣味だと思うよ。

恐竜じゃない。三葉虫《トライロバイト》。

何だって？

三葉虫。

あのスニーカーの靴底みたいな奴か。

きみが知ってるのは、おそらくエルラシア・キンギイだけだ。世界中の教科書にその写真ばかり載ってるから。ぼくもあいつは大好きだけど、レドリキア目の一種にすぎないし、三葉虫はほかにもいるよ。

ほかにもいるって、三種類くらいか。

二万種類以上。

嘘だろ。

本当だよ。〈スター・ウォーズ〉に出てきそうな、威厳のあるファコプス目だとか。

威厳だと。三葉虫に威厳があるのか。

あるよ。王家の甲冑《かっちゅう》とか、紋章《もんしょう》みたいな。あと、オドントプレウラ目には〈エイリアン〉の幼生みたいなのもいるよ。フェイスハガーみたいな。

さすがに例えがオタクだな。

おまえって映画も好きなのか。

いや、三葉虫ほどには。

三葉虫は〈エイリアン〉みたいに宿主に寄生したのか。

それは考えたことがなかったな。しなかったと思うよ。

何種類以上って言った？

二万以上。

おれもいっしょに、その化石ショップに行っていいか。

店に二万種類の化石があるわけじゃない。

出かける前に連絡くれよ。

興味がないなら、来ても退屈だと思うけど。

退屈はおれの日常だよ。決まりだな。おたがい、ほかに話し相手もいないんだ。おまえにはいるのか?

一方的に話しかけてきたタキオが去ったあとも、バーナムはロッカーの扉をこじ開けるのに手間どる。コール・アボットが使う接着剤の種類が変わったのに気づく。頭にジャガイモをぶつけられるのを警戒し、ときおり背後を振りかえる。

ようやくロッカーの扉がひらき、必要なものを取りだしたバーナムは校舎を出て走る。期末試験の成績を胸に秘め、太陽の熱に融《と》かされそうになりながら、グレード11の生徒たちを追い抜き、スクールバスの乗り場へと急ぐ。つぎに登校するのは九月の秋学期。そのときには周囲にいる同級生たちとともに、高校最終学年のグレード12になる。

スクールバスのなかの解放感に満ちた空気、さまざまなグレードの生徒たちの顔つきは、夏休みを控えて一様に明るい。

出発ぎりぎりに乗りこんだバーナムの表情は、明るくもなければ暗くもない。普段どおりの彫りの深いポーカーフェイスを保って、空いている席に腰をおろす。炎天下を駆けてきた全身から汗が噴きだし、Tシャツがたちまち汗に湿っていくのを感じる。

午後三時十分、定刻どおりにスクールバスはウィットロー高校を出発する。燃え上がる空からやってきた光が窓を透過して、車内の空気を熱していく。スクールバスにはエアコンがない。

バーナムは目を閉じ、息を整える。耳に入ってくるエンジンの音。ギアを上げてスピードに乗り、信号のかなり手前でギアを落としてスローダウンする響き。運転手がサイドブレーキをかける音、エンジンがとまった静けさ、ふたたび走りだす車体の振動。

町の南に向かうバスに揺られながら目を閉じたバーナムは、やがて眠りに落ちる。

彼は夢を見る。夢のなかのラジオから流れてくるアナウンサーの声――われわれ現生人類の生きている地質時代、第四紀。世界中の平均気温は上昇しつづけていますが、さて皆様、いかがおすごしでしょうか？――

ふいにスクールバスがとまり、エンジンが切られ、その静けさを合図にバーナムは眠りから覚めて薄目を開ける。スクールバスのドアが開いている。二人の女子生徒がおりて、カタルパの木が並んだ川べりの道を歩いていく。その道に、母親と手をつないだ小さな男の子が立っている。おそらく幼稚園程度の彼は、母親が手を引いても歩きだそうとしない。興奮した顔つきで、スクールバスを指差して何かを言っている。

バーナムは薄く開けた目を閉じ、窓に寄りかかる。小さな男の子の姿が妙に目に焼きついている。スクールバスのドアが閉じる。ふたたびエンジンがかかる。そしてバーナムはまた夢を見る。夢のなかの自分は、一人でスクールバスに乗りはじめたころに戻っている。何もかもが目新しかった小学生のとき、まだ三葉虫に出会う前。バーナムは観光バスのミニカーを大事にしている。百六十四分の一スケールで、色は黒。ドアは開かないが、スモークガラスを模した窓越しに小さなハンドルや小さな座席が見える。そのミニカーを黄色に塗り直したい欲望にバーナムは駆られる。どうしても毎日乗っているスクールバスと同じ色にしたい。だが、黄色にも種類がある。どの塗料を選べばいいのかわからない。そこで幼いバーナムは、スクールバスをおりる間際に運転手に訊いてみようと思いつく。彼は言う。このバスの黄色って黄色だよね？

自分で口にしておきながら、変な言いかただな、とバーナムは思う。このバ、バ、バスの黄色って黄色だよね？　しかし夢の世界ではおかしな言葉づかいも問題なく、バーナムは質問を続ける。このバス、何ていう黄色？

こいつの色か？　太い指を大きなハンドルに乗せた運転手が、日に焼けた顔を幼いバーナムに向けて答える。そいつは——もちろん——**稲妻の黄色**《ライトニング・イエロー》さ。

運転手の奇妙にゆがんで聞こえる声をきっかけに、夢の雰囲気ががらりと変わり――何かが光り――バーナムが夢のなかで迷いこむ暗い部屋――また何かが光って――大理石の半裸の像が浮かび上がり――眼球のない目――真っ白な乳房――臍《へそ》――切られた腕――あれは高校で見たヴィーナス――複製のミロのヴィーナスがあることは美術室なのかとバーナムは思い――急に部屋が暗くなり――ひどく暗く――真っ暗に――

――激しい雷の音でバーナムは目を覚ます。スクールバスの窓にびっしりと付着した水滴を見つめ、急激に天候が変わって、大雨が降りだしたのを知る。バスがとまり、ドアがひらく。ドアはスクールバスの右前方にある。左側の運転席の反対に。空が張り裂ける音と、大粒の雨がアスファルトを叩《たた》く音が車内に飛びこんでくる。自暴自棄の悲鳴を上げながら、三人のグレード11の生徒がスクールバスをおりる。どしゃ降りのなかを懸命に走っていく彼らの背中をバーナムは見送るが、水滴に覆われた窓ガラスは透明度をなくし、何もかも霞《かす》んで見える。

空が白く光る。とどろく雷に窓が震えるなか、停車中のスクールバスに近づいてくる人影にバーナムは気づく。黒い影にすっぽり覆われているようで、レインコートを着た保護者が子供を迎えにきたのか、とバーナムは思う。だが、ついさっきおりた三人以外に降車する生徒はいないし、ほかに誰も席を立とうとしない。

近づいてきた人影は、あろうことかスクールバスに乗ってくる。

ステップをのぼってきた新たな乗客に、バーナムの視線は釘づけになる。信じられないものを見て、彼は驚愕に目を瞠《みは》る。現われたのは、レインコートを着た保護者でもなければ、午後のルートの途中でピックアップされる中学生や小学生でもない。バーナムと同じくらいの背丈があり、しかし顔はまったく見えない。なぜなら、その人物は三葉虫を身にまとっているからだ。上を向いた二匹の巨大な三葉虫が、二枚のコインのように、あるいはサンドイッチのパンのように、一人の人間の頭から腰までを、正面と背面から挟みこんでいる。

あんなに大きな三葉虫などいない。バーナムは茫然としながら考える。だとしたらあれは、三葉虫の形をした鎧《よろい》、いや、三葉虫のスーツと呼ぶべきなのか。人間がまとっている衣裳にはちがいない。スーツから伸びている手足は人間のものだ。さらにバーナムは考える。運転手はなぜ、こんな乗客をあっさり乗せたのか？

バーナムはつぎの瞬間に訪れるはずの、車内のパニックを覚悟して身構える。しかし、一つの悲鳴も聞こえない。車内は静かなままで、さっきまで携帯のディスプレイを見ていた生徒たちは、相変わらずディスプレイを見ている。雨は激しく降っている。バーナムは通路に顔を突きだして前方をのぞく。運転手は前を向いている。左右に揺れるワイパーが、フロントガラスの占拠を試みようとする雨粒を繰りかえし払いのけている。

二匹の三葉虫に前後から挟まれた——というよりも貼りつかれた——あまりにも異様な乗客が、スクールバスの座席にすわる。誰一人として悲鳴を上げない現実にバーナムは衝撃を受け、さらに傘を持っていないその乗客が、まるで雨に濡れていないのを知って打ちのめされる。どうやってこの豪雨のなかを歩いてきたのか。その乗客が歩いた車内の通路にも、まったく水滴は落ちていない。

バーナムは凍りつく。どういうことなんだ？　今は六月だ。ハロウィンの季節でも何でもない。こういう乗客がスクールバスに乗ってきていいのだろうか。ぼくはあり得ない現実を目にしている。それともぼくが見ているのは——

現実じゃない？

走りだしたスクールバスがつぎにとまったとき、バーナムの視界に入っていたはずの異様な乗客の姿は消えている。その乗客がすわっていた場所は空席になっている。バーナムは口を半びらきにして、力なく通路を進み、転がり落ちるようにステップをおりる。ちょうど降車位置にできていた水たまりをいきおいよく踏みつける。心臓の動悸が速くなっている。

背後でドアが閉まる音がする。バーナムはスクールバスを振りかえる。豪雨のなか、傘もレインコートもなくじっと立つ。彼は走り去る黄色い車体を見送る。やがて車体は見えなくなる。

残されたバーナムは、灰色の雨雲に覆われた空を見上げる。空は夜のように暗く、西側だけがやや明るい。バーナムは大粒の雨に打たれ、風に吹きつけられ、雷鳴を耳にする。髪と顔が雨に濡れ、水を吸ったTシャツが重たくなる。新品のリーボックのスニーカーの内側に、ぬるい雨が続々と侵入してくる。

ずぶ濡れになって家にたどり着く。ドアの鍵を開けてなかに入る。父親はいない。母親もいない。濡れた頭を拭くためのタオルを取りにバスルームへ向かう。床に足跡を残して歩く。

細部まで本当によくできていた、とバーナムは思う。すべてがあまりにもリアルだった。さっきのは想像だとか夢だとか、そういう次元の質感じゃなかった。あれが現実じゃないとしたら、あれは何だ。ああいうのが幽霊なのか。

髪をタオルで拭き、スニーカーを脱ぎ、濡れた服を着替える。二階の部屋へ行く。机の引きだしを開け、年月をかけて集めてきた三葉虫の化石を眺める。カーテンを開ける。窓の外を見ると、あれほど激しかった雨がいつのまにか降りやんでいる。南向きの風に流されていく灰色の雲を眺める。十七歳の夏休みがはじまる。

Δ

容赦のない日射し。アスファルトの上に揺らめく陽炎《かげろう》。七月の猛暑。日中の気温は四十一度まで上がる。それでもバーナムはサファリハットをかぶって町に出る。夏休みに入って、すでに一ヵ月がすぎている。

バーナムは午後二時に、ニューオグデンの北側、十一番通りのショッピングモールのやや外れに店を構えるクラーク鉱物店へ着く。右隣に服のクリーニング店があり、左隣にエアコン修理清掃業者の事務所がある。バーナムは手動のドアを開け、額に流れる汗をぬぐいながら鉱物店に入る。

待ち合わせた時間にやってきたタキオ・グリーンが、バーナムのあとについてくる。未知の洞窟に足を踏み入れた者のように、彼は店内を見まわす。

さまざまな色彩にきらめく鉱物の陳列。

肉食恐竜の鋭い爪や歯の化石。

老店主のミスター・クラークと会話している、カウボーイハットをかぶった二人の化石販売業者の男。

それらには目もくれず、バーナムは店内を突き進み、三葉虫の化石が並べられたショーケースの前に立つ。鼻先が触れそうになるまでショーケースのガラスに顔を寄せ、化石を眺める。はじめてこの店に来たタキオに何かを説明してやるどころか、振りかえりもしない。

かなり希少なオドントプレウラ目の三葉虫が二つ、新たに入荷されている。

アフリカ北西のモロッコ王国で採集された大きなセレノペルティス・ブッキイと、小さなディクラヌルス・モンストローサス、どちらもひたすら母岩を削り落とすことで古生物の立体像が浮き彫りにされ、特にディクラヌルス・モンストローサスの地球外生命体を思わせる小さな迫力にバーナムは圧倒される。文字どおりモンストローサスはラテン語で〈怪物〉の意味を持っている。

最高峰のクリーニング技術が施されたディクラヌルス・モンストローサスは、博物館級の価値を帯びて黒く輝いている。バーナムは値札を見る。高校生には手の届かない値段だ。それでも高すぎるとは思わない。

時が経つのを忘れてオドントプレウラ目の三葉虫を眺めたのち、バーナムは〈新規入荷〉の札が添えられた別の商品に目を移す。地層の内部で押しつぶされ、粉々になりかけたパラドキシデスの痕跡が、タブレット端末ほどのサイズをした母岩の表面に、だまし絵のように残されている。

ウェールズの南西部ペンブルックシャーで採集されたカンブリア紀中期のレドリキア目の三葉虫。この化石では、クリーニング技術で三葉虫の立体像を復元させるのはほとんど不可能だ。三葉虫の輪郭は砕かれて、どうにか識別可能なレベルで母岩と同化してしまっている。以前のバーナムはこういう化石の魅力がわからなかったが、今ではよく理解できる。むしろ、自分が本当に好きなのはこっちなんじゃないか、と思ったりもする。化石標本という定義を超えた、自然の作り上げたシュルレアリスム芸術、バーナムが個人的に抽象地層《アブストラクト・ストラタム》と呼んでいるタイプの化石。

デボン紀とオルドビス紀はどっちが古いんだ。突然タキオがバーナムに話しかける。

オルドビス。バーナムは振りかえらずに答えて、つぎの化石に目を移す。

生痕《せいこん》化石。そこに三葉虫の姿はなく、文字を持たない古代人が縄を押しつけたような模様があるにすぎない。それは三葉虫が這った痕を示すもので、研究者には〈クルジアナ〉と呼ばれている。

多くのコレクターと同様に、バーナムもいつかは大きなクルジアナを手に入れたいという欲望を持っている。三葉虫の生きていた痕跡を味わえるのは、大きなクルジアナをおいてほかにない。だが、やはり値段の壁が立ちはだかる。

こいつも三葉虫なのか？　タキオがバーナムに問いかける。目玉が蝸牛《かたつむり》みたいに突きだしてるぞ。

アサフス・コワレフスキー。バーナムはクルジアナを凝視したまま答える。ロシアで採集されたやつ。ロングアイって呼ばれてる。

一時間ほど滞在して、二人はクラーク鉱物店を出る。結局バーナムは何も買わず、タキオのほうはモロッコで採集されたウミユリ《クリノイド》の茎の化石を五ドル五十セントで買う。屋外の強い日射しを避けて、二人はショッピングモール内のフードコートに行き、ドリンクを注文する。バーナムはアイスコーヒー、タキオはルートビア・フロート。

フードコートのテーブルで、タキオは五ドル五十セントで買ったウミユリの茎の化石のケースのふたを開け、五ミリにも満たない星形の化石が白い綿のクッションの上に三つ並んでいるのを眺める。本物のジュラ紀の化石か？　そこらへんに転がってる小石に細工したんじゃないだろうな。

　本物だと思うよ。

おまえ、ウミユリにも詳しいのか。

いや。

なら、どうして本物だって言える？

一つずつちがうから、機械じゃ量産できない。

そういう理屈かよ。だいたいウミユリって何なんだ。

海に棲む棘皮《きょくひ》動物の一種だよ。化石になったのもいるけど、今でも生きてる仲間がいる。

この化石、何だか安っぽいぜ。

小さいだけだ。

怪しいな。おれが最初にだまされた奴だったら？　レジにいたじいさんは、今ごろ笑ってるかもしれない。

　どうかな。

ありえることだ。

疑い深いんだね。

タキオは化石のケースのふたを閉じて言う。不運ってのは連続する。ぱっとしない高校生活を送ったあげく、ただの石ころのかけらに五ドル五十セントをむしり取られる人生だって、じゅうぶんあり得るよ。

バーナムは反応しない。無言でアイスコーヒーを飲み、フードコートを眺める。二人のあいだでしばらく沈黙が続き、やがてタキオが口をひらく。

何か言えよ。

何を。

話題になるような何かだよ。

三葉虫の話ならいくらでもできるけど。それだと、きみが退屈するだろ。

たしかに。だったら、秘密の話はどうだ。

秘密って何の。

秘密って言ったら秘密だよ。他人に教えてない、とっておきの話。

そういうのはないよ。

何かあるだろう。よし、おれからだな。おれはこの夏、人を殺した。

嘘だね。

なぜそう言い切れるんだ。

嘘だよ。

本当だったらどうする。

暇つぶしで適当に言ってるだけだろ。

おまえにおれの何がわかるんだ。

秘密の話ってのは、嘘の話でもいいの?

わかったよ、降参だ。作り話はなしでいこう。何かあるか。

口にふくんだ氷をゆっくり嚙み砕きながら、バーナムは考える。離れた距離の音が、ときおり異様にクリアに聞こえてくる事実を話すべきかどうか。これは誰にも教えてない。いや、それよりも秘密と呼ぶに値するのは、スクールバスで目にしたあの光景のほうだ。話すべきなのか。あの異様な人物のことを。しかし、あまりにも突拍子がなさすぎるように思える。自分自身でさえ、あのとき何が起こったのか理解できていない。そんな話をしてタキオに一笑に付されるのは癪だし、逆にものすごく食いつかれ、根掘り葉掘り訊かれるのも何か嫌な気がする。

バーナムはアイスコーヒーの入ったペーパーカップをテーブルに置く。スクールバスで見た光景を打ち明けるかわりに、別の話をしはじめる。夏休みの課題読書ってあるだろ。あのうちの一冊に、カフカの『変身』を選んだよ。

それって秘密か？

今のところ、誰にも言ってないから。

新学期のディスカッションでレポートを元に話すやつだろ。まあ、いいや。レポートはもうまとめたのか。

いや。

文学作品についてあれこれ語らなきゃならないのは、面倒だよな。

うん。

カフカの『変身』ねえ。何を話す気だ。

あれはさ、主人公のグレーゴル・ザムザが、朝起きたら虫になってたっていう小説だろ。

だな。

でも、それがどんな虫だったのかは、今でもはっきりしてないんだ。

そうだっけ？

そうだよ。出版社は虫の扉絵を画家に描かせようとしたけど、カフカがそれを断った。虫を描くのは絶対にだめで、遠くから姿を見せてもだめだって。

で、今でも謎なのか。

そう。

ふうん。それなら、おまえはどう考える。いや、待て。読めてきたぞ。やっぱり三葉虫の話じゃないか。

当たり。グレーゴルが変身したのは、三葉虫じゃないかって、ぼくは推測してる。

それを教室のディスカッションで話す気かよ。

笑われるよね。キモい奴って引かれるだろうし。

とりあえず、そう思う根拠を言ってみろよ。

最初のページにこう書いてあるんだ。ある朝——

おいおい暗記してるのか。立派な批評家だな。

バーナムは抜粋しつつ暗唱する。——ある朝、グレーゴル・ザムザがなにか気がかりな夢から目をさますと、自分が寝床の中で一匹の巨大な虫に変っているのを発見し——彼は鎧のように堅い背を下にして、あおむけに横たわって——たくさんの足が彼の目の前に頼りなげにぴくぴく動いて——胴体の大きさにくらべて、足はひどくか細かった〔註1〕——

で？　タキオが肩をすくめる。

まず、この描写だけでも、じつに三葉虫的なんだけど。『変身』には、虫になったグレーゴルが、自分の足の数の多さに困惑している描写が何度か出てくるんだ。よく考えてみてくれ。昆虫の足は六本だよ。それほどコントロールに困る数じゃないだろ。ようするにグレーゴルは、昆虫よりずっと足の数の多い、別の節足動物に変わったと見るべきだ。

その分析は論理的だな。だが、足がうじゃうじゃしている生物は、三葉虫のほかにもいるだろう。気味悪い連中《クリーピー》は。

そのとおりだ。じゃあ、たくさんいる節足動物のなかで、なぜグレーゴルは絶滅したはずの三葉虫に変身したと言えるのか。その答えは、虫になったグレーゴルが、部屋のなかを動くのに、とても苦労しているという描写に隠されてると思うんだ。

朝起きたらいきなり虫になってたんだから、そりゃ動くのは大変だろ。

グレーゴルは虫のからだに不慣れだから、ひどく苦労する。これが定説だ。誰もがそう思ってる。だけどあの小説の虫は、前進以外の移動に手間どってるんだよ。冒頭部分だけど。つまり、旋回や後退にとても時間がかかってる。ぼくが言いたいのは、虫の動きがぎこちないのは、必ずしもグレーゴル・ザムザのせいじゃないってことだ。

　つまり、車に例えれば、操縦者の不慣れじゃなくて、マシンそのものに原因があると？

　うん。ぼくは、これが三葉虫が衰退を繰りかえして、ついには絶滅した大きな理由じゃないかとすら考えはじめてるんだよ。もちろん、古生代に訪れた大量絶滅に巻きこまれたのが大きいけど、それ以外にも三葉虫に滅びる理由があったんじゃないかって。あんなに複眼も発達したりして、体型も無駄なく平らで、今生きている生物種とくらべても遜色ないのに、なぜか淘汰《とうた》されていった。それはね、前に進む以外の動きが苦手だったからかもしれない。

　機動性に劣るっていう話か。

　うん。視力で空間は把握できても、運動が追いつかなかったんじゃないかって。科学的証拠はないよ。あくまでここだけの、ぼくだけの推測なんだけど。

　それで新たに出てきた捕食者連中に、片っ端から食われていったと。

　そうだと興味深いんだけどな。でも、ただの空想だよ。それに『変身』で虫になったグレーゴルは、部屋の壁や天井を這ったりするし、あれはおそらく三葉虫にはできない。そもそも三葉虫なら、海のなかにいるはずだし。

おまえの『変身』分析は、そこで行き詰まるんだな。仮説《ハイポセシス》が破綻《はたん》するわけだ。

うん。変身したグレーゴルは、本来の三葉虫にない能力を得たっていう見方もできるけど、こじつけだよね。それに仮説が破綻するっていうなら、もっと決定的な箇所があるんだ。虫になった息子に絶望して怒りに駆られた父親が、グレーゴルにリンゴを投げつける場面なんだよ。投げられたリンゴが、グレーゴルの背中にめりこんでしまうんだよね。炭酸カルシウムでできていた硬質な三葉虫の殻に、リンゴがめりこむってのは、ちょっと考えられない。

リンゴじゃなかったんじゃないか。ガラスの灰皿とか。

いや、リンゴだよ。カフカはたしかにそう書いてる。

なるほどな。タキオはルートビア・フロートのペーパーカップの飲み口を大きな掌で塞ぐ。予想外におもしろい話だったよ、バーナム・K。

バーナム・Kって何。

そのままだよ。おまえの名前、バーナム・クロネッカーだろ。ていうか、カフカの『審判』は読んでないのか。

読んでない。

読めよ、バーナム・K。あの小説の主人公はヨーゼフ・Kっていうんだ。

そうなの。

バーナム・K、グレーゴルが変身したのは三葉虫か否か、それは古生物の知識に乏しいおれにはわからない。だけど、リンゴが背中にめりこんだ描写に仮説の決定的な破綻があるっていうのなら、おれはこう思うね。それこそが仮説の偉大さなんだって。

仮説の偉大さ？

カフカが『変身』で書いたのは、ある強力な仮説についてなんだ。おれはそう思ってる。朝目覚めたら、一人の人間が巨大な虫になっていた。それは超越的な仮説だ。ハイパーなアブダクションだ。

誘拐《アブダクション》？

今おまえが頭に浮かべたのは、エイリアンがＵＦＯに人間をさらうことだろ。それと綴りはまったく同じで、全然意味のちがう用語がある。論理学の、仮説生成って意味でのアブダクション。拡張的推論、仮説的推論とも言うよ。ようするに、ものごとを考えるには、大きく分けて三つの方法があってさ。

三つ。

よく聞け、バーナム・K。タキオは指を三本立てる。まず演繹《ディダクション》。これは大きな前提を持ってきて、そこから推理をはじめ、必然的な結論を導きだすことだ。つぎに帰納《インダクション》。これは個別の特殊な集まりから、共通する手がかりを見つけだし、大きな答えにたどり着く方法。これくらい知ってるよな。この演繹や帰納とは別に、観察された現象を説明する仮説を生みだすために、思考を飛躍させるのがアブダクションだ。

飛躍。

目に見えないものをイメージする。その場に残された証拠からは導けないような仮説を思いつく。こういうアブダクションの能力がないと、人間は宇宙について何かを問うこともできない。だって、考えるための仮説が作れないわけだからな。そして仮説っていうのは、それがものすごいものであればあるほど、反比例して脆《もろ》い。大きく飛躍していればそれだけ打たれ弱い。羽化してすぐ寿命が尽きる虫みたいにさ。投げられたリンゴが背中にめりこむくらいに情けなくて、ひ弱なんだ。カフカは、きっとそういうことを書いたんだと思う。圧倒的な仮説には、自分自身が何者なのかさえ、よくわかっていないんだ。だからグレーゴルが変身したのは、三葉虫であってもおかしくない。それがジュラ紀に滅びた過去の生き物であってもな。

三葉虫が絶滅したのはペルム紀だよ。

自信を持て、バーナム・K。おまえの奇妙な仮説を、新学期のディスカッションで遠慮なく披露してやれ。

バーナムは黙りこむ。タキオの言った言葉について考える。仮説生成。アブダクション。冷たい氷を飲みこんだように、何かがゆっくりと胃の底へと落ちていく。舌の上に金属のような味が広がる。血のような味。しばらく考えたのち、バーナムは言う。タキオ、きみの話は。

おれの話。

そうだよ。

おれには、バーナム・Kが世界に向けてぶっ放そうとしてるような、大した仮説はないかもな。

秘密の話をしようと言いだしたのはそっちだろ。

そうか？

そうだよ。作り話はなし。

オーケー、わかった。それなら一つ、とっておきの話をしてやる。特別に。誰にも言うなよ、バーナム・K。約束できるか。

約束するよ。

夏休みに入る少し前にさ、高校の美術室で騒ぎがあっただろ。あった。救急車も来たよね。何だったんだ、あれ。

ネズミが出たんだよ。

ネズミ?

まるまる太った、でっかい奴だ。グレード12のアートの授業中にネズミが出て、みんなパニックになって、過呼吸症候群か何かが連鎖して、女子生徒が三人、失神したんだよ。医務室の係も駆けつけたけど、教師は911にも連絡した。

そういう事情だったのか。

あの時間は冷房を効かせているから、美術室のドアも窓も閉め切ってあった。すると問題は、ネズミがどこから来たのかってことになるよな。

天井裏の配管を通ったか、地下の下水溝を通ったか。

そう考えるのが当然だ。美術室は一階だしさ。でも、ウィットロー高校に地下室はない。聞いたこともない。

やっぱり天井裏か。

ところが駆除業者が調べてみると、美術室の天井にネズミが通れるようなスペースはなかった。

じゃあ、どこから来たの。

地下から来たんだ。

地下室はないって、きみは言ったばかりじゃないか。

じつはあるんだよ。地下シェルターみたいなのが。

作り話はなしだぞ。

いろいろと調べてみると、わかるのさ。昔の校舎の図面とか建築業者への発注書とか。

そんなのどうやって調べるんだ。

まだソ連があったころの話でさ。タキオはバーナムの質問に答えずに言う。アメリカとソ連のあいだで緊張状態が続いていただろ。

冷戦《コールド・ウオー》ってやつ。

その冷戦のあいだの、特にキューバ危機の前、一九五九年から六一年にかけて、ウィットロー高校は、オグデンに本社のある建設会社に相当な額の発注をしてる。ニューオグデンじゃなくてオグデンにある会社だ。同じ建設会社は、オグデンのヒル空軍基地からもかなりの仕事を発注されてる。

そんな情報がネットに流出してるのか。

まあ聞けよ、バーナム・K。それでおれは、昔の高校の図面をつぶさに調べてみた。そしたら、地下シェルターらしきものを作ってるんだよ。たぶん核シェルターだな。そういうのを作ってても、不思議じゃない。あの時代、アメリカとソ連の核戦争の可能性はいつも言われていたし。当時のウィットロー高校の校長は、第二次世界大戦で戦った退役軍人だったしな。

でも、どうして地下シェルターのことを誰も知らないんだ。

簡単だろ、バーナム・K。全員がそこに逃げられないからだ。選ばれた奴だけが隠れられる。

それはそうだけど、当時の話だろ？　今はもう歴史的遺産みたいなものじゃないか。

発注したときの金の流れに、表に出せないからくりがあるんじゃないか？　昔はそんなのばかりだったしな。いや、今でもそうか。アメリカはコネの国だ。

本当に美術室の地下に空間がある？

あるよ。図面上はな。

本当かな。――バーナムはそう言った瞬間、何か美術室に関係するような夢を見た気がしてくる。だとしたら、いつ、どこで、それを見たのか――思いだせない――

おい、バーナム・K。タキオは急に声を低くする。あれ見ろよ。

バーナムは背後を振りかえり、目を細める。そして全身の力が抜けていくのを感じる。

この夏で、また視力が悪くなったよ。Tシャツの裾で眼鏡のレンズを拭いたタキオがため息をつき、わざとらしく落ち着いた声で言う。レンズの度を調整しておけば、もう少し早く気づけたのにな。それにしても、やっぱりおれは正しかった。

何が。

言っただろ。不運は連続するって。

フードコートを歩いてくるコール・アボットと仲間たち。バーナムとタキオのいるテーブルを取り囲み、コール・アボットがバーナムの隣にすわる。コールを入れて男が六人。それぞれピザの切れ端を手にしている。リリアナ・ムーアはいない。

コール・アボットがバーナムの肩に腕を回し、バーナムのかぶっていたサファリハットを取り上げて、自分の頭に載せる。携帯を出し、バーナムを乱暴に引き寄せ、おなじみのセルフィーを撮る。エイリアン捕獲、と叫びながら。

コール・アボットの仲間たちが笑う。

だめだろ、こんな場所にいたら。ＦＢＩに捕まるぞ。コール・アボットが言う。

今、地球外侵略の調査は厳しくなってるんだ。それにしても暑いな。この建物、エアコン効いてんのか？

コール・アボットはバーナムの飲んでいたアイスコーヒーのペーパーカップをつかみ、バーナムの穿いたジーンズの股間の真上でためらいなく傾ける。こぼれる液体、散らばる氷。

ちょっとでも涼しくしとかないと。コール・アボットが言う。暑さであそこがだめになっちまうよ。

笑い声。バーナムの目の前で、コールの仲間がわざと床に落としたピザを、タキオが食べさせられている。

コール・アボットがテーブルの上のウミユリの茎化石に目をつける。彼は肩を組んだバーナムにたずねる。何だこれ。

バーナムは答えない。

コール・アボットがバーナムの頬を指で挟み、その指に力を込める。答えないのか？　オーケー、ピザにトッピングしておまえに食わせてやるよ。

化石だよ。バーナムは答える。

化石？　何の。

ウミユリ。

おまえらエイリアン二人で、地球の調査をしてるのか。コール・アボットはかぶっていたバーナムのサファリハットを、フリスビーのように遠くへ放り投げる。ジョックの、自分たちのリーダーの行動に、ふたたび仲間たちが笑う。

ふいにタキオが椅子から立ち上がる。もらったピザは食べ終わったよ。もう行っていいか。

テーブルを囲んだ全員が、百九十六センチのタキオを見上げる。

うまかっただろ？　コール・アボットが訊く。

ああ。

どんな味がした。

掃除の行き届いた床の味。

そりゃよかった。まあ、すわれ。

悪いけど、おれたち、もう行かなきゃならないんだ。

すわれって言っただろ。

命令されたタキオは、無言でじっと立っている。

コール・アボットが言う。三秒やる。そのあいだにすわれ。

コール・アボットが数をかぞえはじめた瞬間、仲間の一人がタキオの左膝の裏を強く蹴り、タキオはよろめく。

すばやくコール・アボットが立ち上がって、左手でタキオの頭髪をつかみ、自分の目線まで相手の顔をさげさせる。それから右手の人差し指と中指を伸ばし、親指を立てて、銃の形を作る。伸ばした右手の二本の指先をタキオの額に突きつける。いいか。すわれ。つぎ会ったときは撃ち殺すぞ。

冗談だよな。

何か言ったか？

冗談だろって言ったんだ。おれなんかを撃ち殺して、あんたが刑務所に入るはずがない。だって、あんたには、星条旗に包まれた明るい未来（戦死した兵士の棺には星条旗がかけられる）が待ってるんだから。

こいつ、ここでぶっ殺してやる。そう言って表情に憎悪をみなぎらせたコール・アボットは、銃の真似をした右手をにぎりしめ、タキオのこめかみを激しく殴りつける。体重の乗った右のショートフック。タキオの眼鏡が吹き飛ぶ。

殴られたタキオはそれでも倒れることなく、落ちた眼鏡を平然と拾ってかけ直し、しかたないといった様子で椅子に腰をおろそうとする。そのタイミングを見計らい、コール・アボットの仲間が椅子をうしろに引く。あるべき支えを奪われたタキオは、いきおいよく床に転倒する。

コール・アボットの仲間たちが笑い声を上げる。

起き上がろうとするタキオの頭を、コール・アボットが踏みつける。唾を吐きかける。

笑い声――

床に伏したタキオを見おろすコール・アボットが言う。でかいだけの無能が。おれがウェストポイントに進学するのを知ってて言ったのか？

タキオが答える。知ってたよ。

その意味がわかってるのか？

士官になるんだろ。陸軍の。

てめえに教えといてやる。それはな、このおれが合衆国のために戦うって意味だ。おまえのような無能どものためにも戦わなきゃならないんだよ。まったく気が滅入るね。おれが命を捧げて守る人間から、あらかじめおまえらを除外していいか？いや、何も言うな。返事は不要だ。木偶《でく》の坊とエイリアンは、すでに保護対象から外れてた。すっかり忘れてたよ。

笑い声——

ショッピングモールの警備員がのろのろ近づいてくるころには、嵐はすぎ去っている。バーナムは放り投げられたサファリハットを拾い、タキオはテーブルに放置された食べ残しのピザを回収してダストボックスに入れる。警備員との会話を手短かに切り上げて、二人はフードコートから離れる。

タキオ、血が出てるよ。歩きながらバーナムが言う。

どこ。

左の目尻。

ホラー顔負けの大流血か。

いや、そこまでじゃない。

だったら平気だ。耐えられる。

大丈夫なのか。

おれの頭蓋骨はタフだからな。殴ったあいつの手も痛かったはずだ。仲間の前でやせがまんしてるのさ。

クラーク鉱物店になんて誘わなきゃよかったね。

いっしょについて行くと言いだしたのはおれだよ、バーナム・K。ところで、このあとどうする。

帰るよ。

忙しいのか。

いや。

だったらおれの家に寄っていけよ。テロ攻撃を受けない場所でチキンサンドでも食おう。チックフィレの。

せっかくだけど、またの機会にするよ。きみも怪我してるし、ぼくのジーンズも濡れてるし。

わが友よ。大げさな口調でタキオは言う。正直に話そう、バーナム・K。ぜひおれの家に立ち寄ってくれ。妹に紹介したいんだ。あいつ、今は家にいるから。

妹？

ウィットローじゃない高校に通ってる妹がいてね。グレード10だ。あいつはおれの人生に友だちが一人も存在しないのを憐れに思ってる。蔑《さげ》すんでいるとも言える。つまり、おれの言いたいこと、わかるだろ？

バーナムはタキオの顔を見つめかえし、アイスコーヒーをこぼされた自分の股間を指す。それならよけいに、こんな姿で会うわけにはいかないよ。

この猛暑だ。タキオは空を見上げる。歩けば途中で乾く。

バーナムは真夏の午後の空の下を歩く。鉱物店のあるショッピングモールまで自宅から自転車に乗ってきたタキオは、その自転車を押してバーナムの横を歩く。夕方になっているが、太陽の力は衰えを知らない。

家に向かう途中、タキオがチェーン店の〈チックフィレ〉の前で自転車をとめる。カウンターから続く七、八人ほどの列に並んでから、チキンサンドとドリンクとスープを注文する。

タキオの自転車にはかごがない。商品の入った袋を持つのはバーナムの役目になる。

二人は歩きつづける。日射し。熱をはらんだ風。一羽の小鳥が道路に落ちて、すっかり干からびている姿を、二人そろって眺める。暑さのせいで死んだのか。空中で敵に襲われたのか。

白塗りの二階建てが見えてくる。アスファルトシングルの屋根。バーナムの家と同じような造りだが、建物はずっと大きく、門があって、広々とした前庭があり、そこに大きな一本の樹が植えられ、緑色に輝く葉が日射しをさえぎっている。

招かれた家に入る前に、バーナムはジーンズの股間をたしかめる。タキオの予想どおり、アイスコーヒーの染みは完全に乾いている。

バーナムは広いリビングを見渡す。ホテルの一角のようにすべてが整然として、生活感がなく、模造《イミテーション》でない赤レンガに埋め尽くされた壁があり、大きな抽象絵画が掛けられた白い壁があり、カーペットは緑色、そこに透きとおったガラスのテーブルがあって、そのまわりに明らかに高価そうな椅子が、それらの椅子自身がくつろいでいるような様子で置かれている。

すごいリビングだな。

一九五〇年代《ミッドセンチュリー》だよ。

椅子も高そうだ。

椅子は全部イームズだ。好きなの持っていけよ、高く売れるから。まあ、適当にすわってくれ。

好きなのにすわっていいのか。

椅子だからな。頭の上に載せろとは言わない。

きみの親のコレクションか。

おれの親は、どっちもデザイン系の仕事でね。タキオは近くにあったイームズの椅子の背を軽く叩く。こういうのは母親が好きでさ。日本に生まれたのにアメリカのミッドセンチュリーに目がない。人間の趣味ってのはまったく不思議だよな。絶滅した三葉虫が好きな奴もいるしさ。

リビングを見まわしながらバーナムが椅子に腰かけようとしたとき、キッチンのほうから若い女が出てくる。

ちょうどよかったな。抑揚のない声で、独りごとのようにタキオが告げる。妹のサクラだ。

腰をおろしかけたバーナムはあわてて立ち上がり、現われた彼女の目を見る。

まごつくバーナムの背後から、タキオが妹に向かって低い声で言う。彼はおれの友人で、バーナム・K。

友人？　兄の声を聞いた妹は眉をひそめる。嘘でしょ。

へえ。おまえには彼が幽霊に見えるのか。

タキオの妹は兄より背が低いが、それでもバーナムより背が高い。長くつややかな黒髪を、バーナムにはとても理解できそうにない複雑さで編み上げて、赤い半袖のポロシャツを着ている。シャツは彼女の体型よりもサイズが大きく、裾がスエットのウエストよりも二十センチ近く下まで垂れている。
はじめまして。バーナムはかすれた声で言う。バーナム・クロネッカーです。
兄にサクラと呼ばれた妹が、バーナムを一瞥《いちべつ》する。ウィットロー高校のクラスメイト？
うん。
兄の友だちなの？
一応。
今日は雪が降るかも。
雪？
あなたもコンピューターオタク《ギーク》なの？
コンピューター？
うちの兄はコンピューターの話ばっかりするでしょ。
いや、今のところは。
サクラは驚いた顔をする。じゃ、何の話をするの？
別に。論理学の話とかかな。
それ、どうせコンピューターの話だから。入力《インプット》とか出力《アウトプット》の話につながっていくのよ。

そうなの?

そうなのよ。じゃ、私はこれで。

ガラスのテーブルに置いたチックフィレの袋の一つを、タキオの妹が無造作に取り上げ、力強い足どりでリビングを出ていく姿をバーナムは見送る。

前世紀に作られたイームズの椅子にバーナムはすわり、黙りこむ。やがてバーナムが口をひらく。チキンサンドの入った袋、きみの妹が持っていったぞ。ドリンクとスープしか残ってない。

チキンサンドはあいつの好物だからな。

だとしても、全部持っていくことはないじゃないか。

あとで彼氏か友だちと食うんだろ。ここに残されたおれたちは、ここに残されたドリンクを飲むとしよう。スープもある。

タキオはドリンクとスープのカップを袋から取りだし、テーブルの上に並べはじめる。

ここで食べていいの? バーナムが訊く。立派なリビングだよ。

おれの部屋は今、パソコンの入れ替え中でひどく散らかってるんだ。足の踏み場もない。悪いな。ここでくつろいでいってくれ。

話しながらキッチンに行ったタキオが、保冷剤を持って戻ってくる。タキオは手にした保冷剤を、コール・アボットに殴られた左のこめかみに当てる。

大丈夫か。痛むのか。バーナムが訊く。

平気だ。

ならいいけど。ところでタキオ、きみはコンピューターが好きなんだって？

妹が言ってた話か。やれやれ。好きかどうかは微妙だ。だけど、もう引きかえせない程度までには詳しくなってるよ。

引きかえせない程度って。

深く知りすぎたって意味。

それは知らなかった。

言わなかったからな。

将来はＩＴエンジニアになるとか？

どうしてそう思う。

シリコンバレーにある企業が、カリフォルニア州からユタ州にどんどん移ってきてるだろ。

工場だけだ。

タキオならおもしろいアプリを作れそうだよ。

そんなもの、開発したくもないね。宇宙ゴミ《デブリ》といっしょだ。

じゃあ、サイバーセキュリティの仕事とか。

古いな。

そうなの？

今はサイバーレジリエンスって呼ぶんだぜ。セキュリティは時代遅れ。

なあ、タキオ。一つ質問があるんだ。

何だ。

ウィットロー高校に地下シェルターがあるとか、図面とか発注書の話をフードコートでしてただろ。あれって、もしかしてハッキングした？

タキオはこめかみを冷やしたまま、熱いスープを飲み、表情を変えずに言う。学習したな、バーナム・K。そいつが思考の飛躍だ。演繹や帰納にはない、アブダクションの力だよ。

7

記録的な七月の猛暑日がユタ州全土で何日も続く。ニューオグデンの町は太陽の熱に呑《の》みこまれ、そして男の自宅の寝室のエアコンが壊れる。男は暑い寝室を放棄してエアコンの効くリビングで眠るが、数日でそのリビングのエアコンもまったく効かなくなる。

壊れた機械にたいして、男は知っているかぎりの処置を試みる。しかし機能が回復する様子はなく、男は汗みまれになったあげくに、馴染みの修理業者に電話をかける。最初からこうしておけばよかったと悔やみながら。受話器をにぎり、延々と続く呼びだし音を聞きながら立っている。ショットグラスに注いだストレートのウイスキーをあおる。息を吐く。くそったれが、と男はつぶやく。電話がつながる。

ジョンソン・クリーニング・サービスです。

ロッドか、と男は言う。ひさしぶりだな、ロッド。

ああ、フランクか。

家のエアコンが全部いかれちまったんだ。修理を頼めるか。

すまない、フランク。依頼が多すぎて、すぐに対応できそうにないよ。予約がぎっしりでね。

修理するのは無理ってことか。

来週でもむずかしい。

エアコン限定のテロ攻撃があったようなありさまだな。あんたら以外の同業者に頼んでも厳しいか。

すぐには。この町じゃ、どの業者も似たり寄ったりだ。

つまり、あんたら儲《もう》かってるわけだ。

それはないね。陸軍にいたころの半分も稼いでない。いや、悪かった。

何がだ。

うっかり陸軍の話をしちまった。暑さのせいだ。許してくれ。

何を許すんだ。

オスカーのことは聞いたよ。心から気の毒に思う。

オスカーは地獄に堕ちた。あんたはちがった。それだけさ。

何て言えばいい？

さあな。二百万人がイラクとアフガニスタンに派兵されて、そこから帰還してきた二十か三十パーセントの人間が、元どおりの生活に戻れないでいるらしい。オスカーはその一人だった。前に死んだあいつも、その前に死んだあいつも。

ひどい話だよな。

ひどい話だ。古き良きアメリカ合衆国は夢の彼方だ。でも、おれがしたかったのはひどい暑さの話で、戦場の砂漠の話じゃない。くそ、何でも戦場の話になっちまうな。ようするにおれは砂漠に取り残されて、エアコン修理部隊の援軍は来ないってことか。

力になれなくて申し訳ない、フランク。このくそったれの夏を、どうにか乗り切ってくれ。

男は通話を切り、ソファにすわる。じっとすわっているだけで、男の着た黒いTシャツにさらなる汗が染みこんでいく。オイルライターを手にする。鼻先に近づけて、オイルの臭いを嗅《か》ぐ。それから煙草に火をつけ、男は自問自答する。ちゃんとエアコンの掃除はしてみたんだろうな？　イエッサー。室外機もか。イエッサー。それでだめなら、ぶっ壊れたんだろうな。イエッサー。おれたちは見捨てられたんだ。イエッサー。皆殺しにされる前に移動するぞ。イエッサー。

拠点の放棄と移動。エアコンの壊れた自宅で眠るのをあきらめ、男は金物店のなかで夜をすごす。その空間ならエアコンが生きている。レジカウンターの内側の床に、発泡ポリエチレンとＥＶＡ樹脂で作られた薄いマットを敷き、疲れたからだを横たえる。戦場にいたころと同じように。

目を閉じてまもなく、男は考える。こうやって店に寝泊まりする場合、侵入してきた強盗と対面する可能性があるんじゃないか。そういうリスクが。それで男は、家から護身用のショットガンを取ってきて、すぐに手の届くところに置く。十二ゲージのウィンチェスターＭ１８９７。装塡できる六つのショットシェルをすべて装塡し、予備を三つ用意する。

夜が深まっていく。男は眠りに落ち、悪夢が近づいてくるのを感じる。かつて復員軍人医療センターで会った帰還兵の声がよみがえる。少尉、悪夢の正体は、つまり悪魔なんですよ。悪魔は一度標《しるし》をつけた獲物を逃さないですから。それでおれたちは、何度も同じ悪夢を見るっていう仕組みなんです。

男も悪夢にうなされつづけている。最後のアフガニスタン派兵から戻って以来、うなされなかった日は一日もない。だが復員軍人医療センターで会った帰還兵が語ったように、同じ夢を見るわけではない。夢のパターンは一つではない。絶望のバリエーションで満たされた戦場の夢。地獄の交響曲。男はある夢のなかで、自分の皮膚が沸《ふつ》騰《とう》する水のように泡立つ様子を眺める。別の夢のなかでは、無数の十字の傷で全身を切り裂かれる。肉がむきだしになり、神経、骨がむきだしになり、そこに悪夢が注ぎこまれる。

道の両脇の建物から銃弾の雨が降り注ぎ、仲間が切り裂かれていく。十代後半の、あるいは二十代になったばかりの部下たち。若い彼らの肉体は、故郷に残してきた儚《はかな》い愛や友情の思い出とともに、一瞬でずたずたにされる。彼らは肉塊になる。これまでの人生などなく、はじめから血の詰まったただの袋だったかのように捨てられる。銃声、地雷の爆音、吹き飛ばされたハンヴィー（高機動多用途装輪車両）の部品と砂利《じやり》が地面に落下する音、アフガニスタン、カンダハール、嵐、砂埃、夜明けの光、日没の闇。

今も男は戦場にいる。敵は三百六十度、全方向から襲ってくる。完全なる死の球体に男は閉じこめられる。イスラム教徒の世界で味わうキリスト教的バロックの逆説的な無限性。この戦いはいつ終わるのか。どうやって終えるのか。

男の首を銃弾がかすめる。のけぞって倒れた男を助けようとして、サイラス・オライリー軍曹が駆け寄ってくる。オライリー軍曹には二十二歳の妻と一歳三ヵ月の息子がいる。二人はオハイオ州の家で軍曹の帰還を待っている。

男は自分を救出に来た軍曹に向かって、伏せろ、と叫ぶ。彼の迷彩服をつかんで姿勢を低くさせようとする。だが間に合わない。建物の屋上にいた敵兵がカラシニコフのトリガーを引く。オライイリー軍曹の背中を銃弾が貫通する。オライイリー軍曹はよろめき、路上に現われた新たな敵兵に両足を撃ち抜かれ、放られた砂袋のように力なく転がる。胸から噴きだしている血。倒れた肉体にとどめの手榴弾《しゆりゆうだん》が投げこまれる。オライイリー軍曹にはオハイオ州で待つ二十二歳の妻と一歳三ヵ月の息子がいる。オライイリー軍曹はずたずたにされる。

男の目の前に、オライイリー軍曹のちぎれた頭が飛んでくる。焦《こ》げた眼窩《がんか》とわずかな歯。頭の残骸《ざんがい》が言う。やれやれ。あんたがヘマをしなけりゃ、おれはオハイオに帰れたのにな。

男はアサルトライフルを構え直す。オライイリー軍曹を撃った敵兵を狙ってトリガーを引く。まず建物の屋上にいる相手を殺す。それから路上に現われた敵兵を。セミオートで何発も撃つ。その相手は四人の少年を連れている。一人のズボンのポケットがふくらんでいる。男は思う。手榴弾を持っているかもしれない。いや、持っているだろう。その少年たちもろとも男は射殺する。ずたずたにする。あの少年たちはまだ十歳にもなっていないよな、と思いながら。

男がオライイリー軍曹を殺した敵に報復する様子を、男の部下たちが見守っている。

大人の兵士に同行していた四人の少年を、しっかり識別できる距離でまとめて片づける姿を。決して証言されることのない報復を。近くで誰かが地雷の信管を踏み、誰かの肉が燃え上がる。

風に乗って流れてくるアラビア語の歌を聴きながら、男は迷路のような市街地を走る。アフガニスタン、カンダハール、兵士の死体、民間人の死体、燃えている車、燃えているタイヤ、手榴弾を投げこまれた民家から聞こえる絶叫、男にはこれが悪夢だとわかっている。だから出口はない。目覚める以外には。男は目覚めるために、復員軍人医療センターで言われた言葉を口にする。ご自身の問題をあなたはちゃんと把握しています――それは回復への大きな一歩です――ご自身の問題を――

これは夢だ。これは夢。ようするにおれは砂漠に取り残されて、エアコン修理部隊の援軍は来ないってことか。いいんだ。わかってる。おれたちは正義のためにアフガニスタンに行ったんだよ。でも、そこでおれたちが見たのは、この手でやったことは、正義じゃなかったんだ。それなのにおれたちは、一点の曇りもない正義の味方として、あの国へ送りこまれた。おれたちは自分がヒーローなんだって信じていたんだよ。一人残らず。こんなことになるなんて。おれたちをこんなふうに戦場へ派遣したのは誰なんだ。

炎と砂塵を透かして、悪夢の町をひた走る男の視界に、ひときわ大きな建物が見えてくる。カンダハールにある建築様式とは異質の、西洋の、キリスト教の精神を具現化する建築、ネオ・ゴシック様式。士官候補生礼拝堂。男は飛び交う銃弾をかいくぐりながら、カンダハールに突如出現したアメリカ陸軍士官学校《ウエストポイント》の光景を眺める。激しく息を切らして、その敷地を走っている。ワシントン記念碑の横を駆け抜け、アイゼンハワー記念碑の横を駆け抜け、マッカーサー記念碑の横を駆け抜け、士官候補生図書館を通過し、宿舎を通過し、墓地を通過する。

ああ、なつかしいウェストポイント、と男は思う。おれたちが学び、おれたちが兵士に作り変えられ、おれたちが正義を叩きこまれた場所。その正義とは何だったのか。おれたちは現状を見直さなくてはならない。何かを変えなくてはならない。かつてウェストポイントの校長だったマックスウェル・ダヴェンポート・テイラーが、時代遅れのフェンシングと乗馬の授業を廃止したように。おれたちの正義は時代遅れだ。おれたちの正義はいまだに馬に乗り、サーベルを振りまわしている。誰かが一石を投じなくてはならない。誰かが。

男は終わりのない悪夢にうなされつづける。

8

燃え上がる七月。アメリカ合衆国西部に熱波が到来し、ＮＷＳ（アメリカ国立気象局）が猛暑警報を発令する。それでも地球の自転と公転は続き、暦《こよみ》は進んでいく。七月は終わりに近づく。

バーナムは家を一歩も出ずに、二階にある自分の部屋でほとんどの時間をすごす。自動車免許を取るための教習所にも行かない。家に父親はいない。仕事から帰ってきた母親とは階下でたまにすれちがう。バーナムは冷蔵庫の扉をひらき、すぐに食べられそうなものを選ぶ。チーズやハム。カットされたトマトやオレンジ。

キッチンの前でニアミスする母親がバーナムに言う。じゃ、仕事に行ってくるから。お願いだから、トラブルだけは起こさないでね。

母さんも気をつけて。バーナムは録音メッセージを再生するように答える。

バーナムは二階に行き、部屋に戻り、冷蔵庫から取ってきたチーズをかじりながら、母親に言われた言葉について考える。お願いだから、トラブルだけは起こさないでね。

いつ自分がトラブルを起こしたっていうんだろう。でも、母さんはああいう人だ。私の足を引っぱるな、と言いたいんだ。母さんは自分の小さな世界を守ろうとして生きてる。そして、ほかの人々を守って働くことで、自分の小ささをごまかしてる。それでも母さんは立派だ。礫《れき》、砂、泥、地層の構成で言えばぼくは泥だし、父さんは砂だけど、母さんは礫の領域に住んでる。

バーナムにとっては、父親のほうが話しやすい。だが、母親をきらっているわけではない。よそよそしい態度で母親に接していることは、バーナムにも自覚がある。しかし、いずれ父親と母親が離婚するのはたしかで、そうなった場合、母親が自分を切り捨てる可能性は高いと思っている。可能性というより、ほぼ確実な未来だ。母親にとって自分は、捨てるべき古い人生の属性なのだ。夫の側の存在。生きかたも、趣味も、支持政党も異なる配偶者のコピー。だったらなぜ結婚したのか、と両親に問いかけてもしかたがない。それもバーナムにはわかっている。そんなのは幼児のすることだ、と。

母親が何を望んでいるにしろ、彼女の新たな人生のためには、父親や自分と別れる判断は誤っていない。バーナムはそう思う。だから少なからず母親に情が芽生えるような、こちらからのコミュニケーションは極力避ける。その日が来たとき、母親が自分を気兼ねなく捨てられるように。民間宇宙旅行ロケットが、打ち上げ後にエンジンを切り離すのと同じく。

父親と母親の関係が冷え切った本当の理由は、バーナムにはわからない。

二人が離婚したらぼくはどこに行くのだろう。バーナムは思う。父さんの寝泊まりしている町に行くのか。工場のあるリーハイの町に？

Δ

コール・アボットの流出させた〈エイリアン捕獲！〉の画像がインターネットのなかを漂っている。だから夏休みがはじまって以来、バーナムは一度もインターネットにアクセスしない。アクセスすれば、どこかで画像と出くわす怖れがある。交通事故と同じだ。現実以外の場所でわざわざコール・アボットの顔を見たくない。自分自身にも会いたくない。そう思ってから、ふとバーナムは自分に問いかける。現実以外の場所？　だけどインターネットのなかだって現実じゃないか。真実ではないけど現実。

バーナムはインターネットから遠ざかる。以前は化石販売業者のサイトをよく訪れていたが、それも見なくなる。

すでに二度読んだ古生物学の論文に目を通しながら、バーナムは眠りに落ちる。黄色いスクールバスを青色に塗り直す夢を見る。青一色になったそのスクールバスに乗りこみ、座席にすわり、心地よく揺られて目的地をめざす。目的地へ。でも、どこへ。自分の行き先がわからなくなってバーナムは目を覚ます。一人きりの家で。

食料を取りに一階へおりても母親と顔を合わさず、他人とまったく遭遇しない日々が続いたとき、しだいに夢が他人と似たような存在になってくる。それをバーナムは実感する。夢が他人を呼びこんでくる。頼みもしないのに、会いたくない人間を夢は連れてくる。バーナムは思う。夢から逃れられたら、どんなにいいだろう。

他人と会うのは夢のなかでだけ。昨日見た夢のなかで。一昨日《おととい》見た夢のなかで。明日に見る夢のなかで。

夢の世界でタキオ・グリーンがコール・アボットに殴られ、頭に銃をつきつけられている。コール・アボットの持つ銃は、無数の線描でできた影のように揺らめき、はっきりした輪郭を持たない。だからこそ、怖ろしいものがそこに秘められていると感じる。タキオは殺されてしまう、バーナムはそう直感する。何とかしなくては。ほどなく自分が失禁しているのに気づく。股間に広がる染みを茫然と見つめ、激しい恐怖と直面する。同時に深い憎しみにも。バーナムは周囲を見渡す。真っ白な、すべてが大理石でできたような明るいフードコートに立っている。すぐ隣にあるテーブルで、タキオの妹がチキンサンドを食べている。それはタキオの妹だが、正確には本人ではない。タキオの妹の姿をした大理石の彫刻だ。複雑に編みこまれた黒い髪も、黒い瞳も、すべて白い大理石の光を放つ。現代──人類の生きる第四紀の白い化石。彼女はジョックに銃で脅される兄を見て、ゆっくりと首を回し、逃げだすこともできずに失禁したバーナムを見る。大理石のくちびるをわずかにひらいて言う。

じゃ、私はこれで。

バーナムは大理石の彫刻を見つめ、これはタキオの妹ではなく自分の母親なのかもしれないと思い、つぎの瞬間、こう思い直す。これはタキオの妹でも自分の母親でもなく、美術室に置いてある二メートル三センチの実寸大のミロのヴィーナスの模造品じゃないか。彫刻には両腕がない。乳房はあらわになって、衣服といえば腰から下の布だけ。
夢の世界に屹立《きつりつ》する彫刻の官能的なくちびるから、高音と低音の混ざり合う謎めいた女の声が発せられる。

お願いだから、トラブルだけは起こさないでね。

Δ

七月最後の日。不安な夢から覚めて、バーナムはベッドを出るとすぐ机に向かい、悪夢の印象を振り払うように、古生物学の論文を読みはじめる。デボン紀の三葉虫について言及された箇所をノートに取り、昨夜淹《い》れたコーヒーが残っているマグカップに手を伸ばす。論文を読み終わり、しばらくのあいだ宙の一点を見つめる。それからカフカの『変身』のペーパーバックをひらく。化石が母岩と一体になっているように、喜劇と悲劇がぴったり貼り合わされた物語を再読しているうちに、何かが軋《きし》んだ音を聞く。鋭く硬質な響き。バーナムは本のページから視線を上げ、天井を見て、つぎに前を向く。

机の真正面の窓を覆った日除け《シェード》を引き上げてみると、ぶ厚いガラスに三十センチほどの長い亀裂が入っている。太陽の熱でとうとう割れたのか。バーナムは太い眉をひそめ、机に身を乗りだし、亀裂の状態を調べる。眼下の二十二番通りに人影がないのを確認したうえで、窓ガラスをやさしくノックする。ただちに窓ガラスが崩れて破片が落ちるような気配はない。バーナムは椅子の背もたれに寄りかかり、透明な亀裂をじっと見つめる。亀裂が外の景色に重なるせいで、七月最後の世界そのものが暑さのためにひび割れてしまったように見える。

壁の時計に目をやると午前十時をすぎている。バーナムはコーヒーを飲もうとして、マグカップが空っぽなのに気づく。マグカップを机に戻し、日射しに輝く窓ガラスの亀裂を見つめ、それから引きだしを開ける。Hollardops sp. のラベルを貼ったケースに目をとめる。属名はホラルドプスだとわかっているが、種名が判然としない個体なので sp. の表記が用いられている。

三葉虫ファコプス目ホラルドプスの化石を、バーナムはケースからそっと取りだして掌に載せる。母岩と一体になった化石の重さは、百七十五グラムだったか、百七十六グラムだったか。かなり昔に測った重さをバーナムは思いだそうとしながら、窓ガラスを通り抜けてくる光のなかで、ホラルドプスの形態を眺める。丁寧にクリーニングされた複眼の美しさ、みごとなフリル、今にも動きだしそうな躍動感。三葉虫にとって前進以外の移動は不得意だった、という自分の仮説には、ほんの少しでも真実味があるだろうか？　まったくないのであれば、その前提で新学期の授業用の『変身』レポートを書くのは無意味でしかない。そして、こうやって静かに化石を眺めていると、三葉虫は自由に身動きできたように思えてくる。だけどそれもまた、そうあって欲しいというぼく自身の願望に似せた、ただの仮説なのかもしれない。

バーナムは一時間も同じ化石を眺めつづける。さまざまな角度から。やがて大きく息をつく。ホラルドプスの化石を引きだしに戻し、服を着替え、財布とサファリハットとリュックサック型のスクールバッグを取って、足早に階下へおりる。母親とはニアミスしない。冷凍庫から取りだした氷を水筒に入れ、水道水を注ぐ。重くなった水筒をスクールバッグに放りこみ、家を出る。ひさしぶりの外出。ガレージに母親の車はないのを見て、もともと母さんは家にいなかったんだ、とバーナムは思う。

あまり高い買い物はするなよ、と自分に言い聞かせながら、日射しに目を細めてバス停に向かう。そして十一番通りへ向かう北行きのバスに乗る。

またあいつらがいるかもしれない。いないかもしれない。でも、いるかも。できるなら、あのショッピングモールのそばに近づきたくない。あれからタキオとは一度も話してない。走りだした市バスの座席で揺られるバーナムは思う。ぼくは馬鹿だ。これじゃ捕食者にすすんで狩られようとする獲物だよな。家でじっとしていればいいのに。端から見れば、ぼくの行動には勇気があるように映るだろうか。無謀に見えたりするのだろうか。だとしたら、とんでもない誤解だ。ぼくはただ、三葉虫の化石が見たいだけだ。ぼくみたいな人間には、勇気や無謀さなんてどこにもない。

バーナムは市バスを途中下車せず、目的地まで乗りつづける。クラーク鉱物店をめざして。

バーナムの目の前に広がる棚に、からだを丸めた小さな三葉虫の化石がずらりと並び、店の照明を静かに浴びている。およそ四億四千万年の時を経て、今年の夏にクラーク鉱物店に入荷されたファコプス目カリメネ亜目カリメネ科の化石たち。バーナムは集中してそれぞれの形を吟味《ぎんみ》する。この種族は現生するダンゴムシ《ウドウラウス》のように、からだを丸めて防御姿勢を取ることができた。ほとんどが防御姿勢で化石になっており、完全に丸くなったものや、丸くなりかけたもの、斜めに母岩に埋まったもの、それぞれのちがいに味わいがある。

ダンゴムシのようにからだを丸められるからといって、これらの三葉虫がダンゴムシの祖先ではないことを、バーナムはよく知っている。バーナムはその事実に進化の奥深さを感じる。滅びた三葉虫につらなる現生生物はいない。同じような生存戦略を選んでいても、三葉虫とダンゴムシはまったく異なるのだ、と。こういう類似は、頭部に角を持ったトリケラトプスとシロサイの類似に似ているのかもしれない。そう思ってから、バーナムは少し考えを修正する。いや、少なくとも三葉虫とダンゴムシは、同じ節足動物なんだから、恐竜と哺乳類の隔たりよりは近いな。

四十分ほど防御姿勢の形を吟味し、価格も考慮に入れて、バーナムはオハイオ州のオルドビス紀の地層で採集されたフレキシカリメネ・レトローサと、テネシー州の同年代の地層から採集されたフレキシカリメネ・ミーキの二つに選択肢をしぼり、最終的にフレキシカリメネ・レトローサを選ぶ。価格は二十九ドル。

レジに持っていくと老齢の店主がいない。その場でしばらく待っているあいだ、バーナムは外で降りだした雨の音を聞く。まだそれほど激しくはない。遠い雷鳴。店主はいっこうに姿を見せない。バーナムは呼びだしのベルを鳴らす。

店主が杖《つえ》を突いて、奥からのろのろと現われる。去年の夏には、すでに動きは遅かったが、まだ杖は突いていなかった。バーナムは思う。来年はもしかしたら車椅子に乗っているかもしれない。店の跡継ぎはいるんだろうか。クラークさんがいなくなったら、この店はどうなるんだろう。

二十九ドルを払って、フレキシカリメネ・レトローサの化石を買い、クラーク鉱物店のドアを開けた瞬間、激しい雨の音が耳に飛びこんでくる。自分がレジで店主を待っているあいだに急に雨がひどくなったんだ、とバーナムは思う。暗雲に覆われた空が連続して光り、雷鳴の張り裂ける音がニューオグデンの町を揺るがす。

傘を持っていないバーナムは鉱物店の軒先に立ち、豪雨のなかをショッピングモールへと逃げていく人々の姿を眺める。人の群れが同じ方向に駆ける様子は、大災害を描写した映画のワンシーンのように見える。ほとんどの人は建物内に向かっているが、ずぶ濡れになるのと引き換えに、駐車場の車まで果敢に走る人もちらほらいる。そんな人たちが乗りこんだ車のドアが閉まる響きは、雨の音に完全にかき消される。

傘を持たずショッピングモールに逃げていく人々を、地上のあらゆるものに一瞬で魔法をかけるような白い閃光が照らす。閃光に浮かび上がった二つの人影に、バーナムの視線が釘づけになる。遠くからでもわかる。見まちがえようがない。

女と男。女は自分の母親で、男はライルズ先生。ウィットロー高校の教師ネイサン・ライルズ。

二人は雨に濡れながら並んで走っている。手をつないで。

数秒前の閃光を雷鳴の爆音が追ってくる。

バーナムの視線は走る二人を追いかける。

——授業中のライルズ先生の声を思いだす。先生との会話——

バーナム。きみはどうしたらいいと思う？

ええっと。銃規制のことですか。

いや、幸福度ランキングを上げる方法についてだよ。

鳥たちは一羽残らず姿を消し、街路樹の葉は雷雨に打ちのめされて震えている。バーナムは近くの排水溝から水があふれだす様子を見つめる。周囲の道路と駐車場に小さな川が生まれ、小さな池が生まれ、空はますます暗くなっていく。

自分は悲しんでいるんだろうか。それとも腹を立てているんだろうか。よくわからない。やがてバーナムは自分が困惑していることに気づく。泣きだすタイミングを逃した幼児のように。泣きだすタイミングを逃した幼児に残された道は二つしかない。結局泣きだすか、そのままずっと泣かずにいるか。だけど、なぜ自分は困惑しているのか。母親の人生なんだ。好きにすればいい。

二人を追って、うなだれたバーナムはショッピングモールへ歩いて向かう。猛烈な雨に叩きつけられるのも気にならない。聞こえるのは雨の音だけ。一歩踏みだすごとに、リーボックのスニーカーが生温かい夏の雨水に沈んでいく。

それにしてもライルズ先生には、すっかりだまされたよ。バーナムは思う。こんなことになってるなんて。タキオに打ち明ける秘密が一つできたな。いつからなんだ？

母親とライルズ先生の編んだ秘密の網のなかを、まるで気づかずに右往左往してきた滑稽《こっけい》な自分自身の姿が、眼下のアスファルトを流れる川に写っている。足もとの川に。池に。湖に。その鏡像は排水溝からあふれた水と混じり合い、はるかな世界の果てまで押し流されていく。

あれだけ関係の冷え切った父親と母親が離婚しない理由を、バーナムは理解する。母さんは、ぼくが高校を卒業するのを待ってるんだ。だって、不倫の相手は高校教師のネイサン・ライルズなんだから。母さんは世間体を気にするからな。父さんは知ってるのか。意外と知ってたりするんだろうな。何も知らなかったのはぼくだけか。

バーナムは頭からつま先までずぶ濡れでショッピングモールに入り、母親とライルズ先生の姿をさがす。興味のない商品が陳列されたフロアを歩きまわり、いつしかフードコートに行き着く。そのとき、ふいにこんな考えが頭に浮かぶ。ライルズ先生は、ぼくがコール・アボットからテロ攻撃を受けているのを知っていて、それで夏休みのあいだに、母さんに報告しているんじゃないだろうか。センシティブな事柄だから、当事者のぼくを飛びこえて——

フードコートを見渡すと、母親とライルズ先生がいる。テーブルを挟んで向かい合い、食べ終えたハンバーガーの包みを丸めてドリンクを飲んでいる。二人の笑顔を目にしたバーナムの頭から、いましがた浮かんだ考えが瞬時に吹き飛ばされる。木っ端《こっぱ》微塵《みじん》に。跡形もなく。バーナムはまるで、自分の頭が火薬で吹き飛ばされたような錯覚に陥る。コール・アボットの銃を模した指先を、タキオがこめかみに突きつけられたフードコート。その場所で、濡れた髪をかき上げながら母親が笑っている。家では見せることのない顔つき。ライルズ先生も笑っている。ホワイトニングを施された白い歯のような人工的な輝き。屋内には届かないはずの閃光がフードコートを照らす。見えない雨が降り注ぐ。フードコートの誰もが笑っている。そこにいる人々の声。そこにいないコール・アボットの声。バーナム・クロネッカーに誰も関心を持たない世界。バーナム・クロネッカーのいない幸せな世界。

バーナムはフードコートを離れ、市バスのバス停に向かう。雨がやや弱まってきた空を見上げ、雲の隙間からのぞいている光を目にして、それが何かに似ていると感じる。そしてバーナムは、部屋の窓ガラスに入った亀裂の記憶にたどり着く。
あれは予兆だったんだ。やっぱりこのショッピングモールのそばに近づくんじゃなかったな。

夜が訪れる。豪雨は収まり、静けさのなかで、自室のベッドに横たわったバーナムは天井を見上げている。いろんなことを考える。一人きりの家で、出口のない思考の迷路をぐるぐる歩きまわる。自分で出口を遠ざけているのかもしれない、と思う。廊下の先で点灯している出口のサインからわざと目を逸らすように。でも、出口なんてあるのか。

机に置いた携帯電話が震えだす。ヒマラヤ杉の一枚板の上でつつましやかに踊る。その音を聞いても、バーナムはあお向けになったまま、ベッドから動かない。指一本さえ動かそうとしない。

着信のバイブレーションが途絶えて数分がすぎ、ようやく起き上がる。手にした携帯電話のディスプレイを見る。**母さん**《マム》の表示。いまだに帰ってこない母親。自分の声で、今夜は仕事が忙しくて帰れないとでも伝えたかったんだろうか。よりによって今日に。バーナムはあきれて笑みを浮かべたくなるが、表情はまったく変えない。

携帯電話を机に置く。防御姿勢を取って丸くなった三葉虫の化石が、ケースに収められて、同じ机に置いてある。バーナムは化石の表面に指先でやさしく触れ、それから階下へおりていく。

キッチンで湯を沸かし、エクアドル産コーヒー豆の粉を、マグカップに載せたステンレス製のフィルターに入れる。湯を注ぐと、逆さの円錐《えんすい》状の容器のなかで、コーヒー豆の黒い粉が中心に向かって崩れていく。その様子をバーナムは見守る。地層が生みだされるときのような堆積物の移動。礫、砂、泥の順。

急に人の話し声のような音が聞こえてきて、驚いたバーナムは、湯を注ぎ足している途中のコーヒーポットの角度を水平に戻す。

眉をひそめ、音に集中する。リビングのほうから聞こえる。たぶんテレビの音声。勝手に電源が入ったのか？　でなければ。

いつのまにか父親が家に帰っていて、一人でテレビを見ている姿をバーナムは思い浮かべる。そしてすぐにそれを打ち消す。あり得ない。

足音を忍ばせて歩き、リビングをのぞきこむ。明かりの消えた無人の部屋を、テレビの液晶画面が薄暗く照らしている。ニュース番組。ニュースキャスターの声。音量はとても小さい。母さんが電源を切らずに家を出ていったのか。バーナムはローテーブルの上にあるはずのリモコンをさがす。

ユタ州リーハイ、リチウムイオン電池製造工場で発生中の大規模火災の模様をお伝えしています。

ニュースキャスターの言葉に、リモコンをさがしていたバーナムの目は画面へ引き寄せられる。ニューオグデンから南に約百キロメートルにあるリーハイ、そこで広大な敷地を占めるリチウムイオン電池製造工場が、夜の闇のなかで激しく燃えさかっている。

現在も火は燃え広がっています。こちらはリーハイのリチウムイオン電池製造工場の――

何かが軋んだ音がする。鋭く硬質な音が。それは今この瞬間に耳にした音なのか、それとも記憶のなかで響く音なのか、バーナムには区別がつかなくなる。バーナムは息を呑み、映像を見つめる。ヘリからの空撮、地上の望遠レンズがとらえる光景。

森のなかでグリズリーと出くわしたように、バーナムはテレビの画面から目を離さずにあとずさり、リビングを出て、二階の自分の部屋に行く。机の上の携帯電話を取り、母親にリダイヤルする。呼びだし音が鳴るあいだ、窓の前におろした日除けを眺めて待つ。日除けに覆われて見えないはずの、窓ガラスに入った大きな亀裂を想像する。母親は出ない。リダイヤルする。出ない。もう一度。出ない。もう一度。もう一度。

一階におりて、リビングのソファには腰をおろさずに、バーナムは立ったままテレビのニュースを見る。

——従業員十五名と連絡が取れていないということです。ご覧のように、現在も延焼中です。激しく燃えています。今、大きな爆発がありました——

バーナムは、ニュースキャスターが火災の起きた工場の社名を読み上げるのを聞く。父親の働いている企業の名を。

母さんは、父さんの工場から連絡を受けてリーハイに行ったんだろうか。たぶん、そうだろう。バーナムは思う。だったら、父さんは。

バーナムには、豪雨のなかで目撃した母親とライルズ先生の姿が幽霊だったように思えてくる。あれは幻影であり、ドッペルゲンガーのようなものだったのではないか、と。だがショッピングモールにいた母親が、夜のリーハイに移動するのは、物理的に不可能ではない。もう着いているかもしれない。

テレビのニュース番組が終わると、二階へ戻ってパソコンに向かい、インターネット配信の中継映像を眺める。地上のカメラが写す業火《ごうか》の映像が、ヘリからの空撮に切り換わり、しばらくして地上の映像に戻る。

リチウムイオン電池製造工場は燃えつづけている。このまま火災が広がって、ユタ州が、そして世界のすべてが燃え尽きる未来をバーナムは想像する。この世を終わらせる永劫《えいごう》の火、ペルム紀の大量絶滅をもたらした赤い炎。山が燃え、州木《ステイト・ツリー》のカロリナポプラが燃え、ヒル空軍基地が燃え、サンダーズマートが燃え、ショッピングモールが燃え、クラーク鉱物店が燃え、この家が、隣の家が、ウィットロー高校が、この町が、この世界が。

何時間も映像を見つづける。暗闇のなかで巨大な炎が叫ぶ。

動画に流れるテロップ。

依然として十五名と連絡が取れない状況

朝がやってくると、ニュース映像も明るくなる。白と灰色の混じった濃い煙が映り、黒くなり折れ曲がった鉄骨が映される。集結した何十台もの消防車両が、今も工場に向けて大量の水を浴びせている。

一睡もしなかったバーナムは、冷めたコーヒーを飲み、机の上の三葉虫の化石に指で触れる。父親の無事を祈っている自分自身がどこか他人のように感じられ、脱ぎ捨てた自分の古い殻《から》を遠くから見ている気分になる。

父さんには助かってほしい。また会いたい。話したい。連絡が来るまで状況は不明だ。待つしかない。だけど。

バーナムは目を閉じ、ニュースを見た瞬間からずっと抱いている予感を、おだやかに追いだそうと努める。その相手を刺激しないように、そっと。力ずくで追い払おうとして、嚙みつかれるのを怖れているように。バーナムは自分の心から追いだそうと試みる。父親の死の予感を。

父さんはあの炎のなかで死んだ。

この感覚は、いったいどこからやってくるんだろう。どこから。お願いだから、ぼくの心から出ていってくれ。それともぼくには心がないのか。

窓を覆った日除けを引き上げる。熱とともに光が射しこんでくる。窓ガラスの亀裂が輝く。

変わり果てた工場の映像をバーナムは眺める。火災の被害は工場にとどまり、ユタ州と世界は燃え尽きずに済んだ。バーナムは思う。世界は彼らによって救われたのか。ぼくの父親ジョン・クロネッカーと、その十四人の同僚の犠牲によって。

動画に映る放水のアーチが、透き通った虹のようにきらめいている。バーナムにはそれが、ユタ州とアメリカ合衆国全土に向かって父親の死を告げようとする国葬さながらのセレモニーに見える。

携帯電話が震える。母親からテキストメッセージが届いている。あまりにも短いその文章をバーナムは二度読みかえす。それからバーナムはタキオに電話をかける。

ひさしぶりだな、バーナム・K、とタキオはゆったりした低い声で言う。こんな朝っぱらから、どんな悪い知らせがあるんだよ。

どうして悪い知らせだってわかるんだ。

いい知らせなんてないだろ。

父さんが死んだ。

どこで。

リーハイの工場で。

夜にニュースでやってたあの火事か。

夜にニュースでやってたあの火事だ。

父親はたしかにそこにいたのか。

常駐のエンジニアだったんだ。

そうか。

うん。

父親の死を知ったその朝、バーナムはスクールバッグを背負って家を出る。市バスに乗り、名前のとおりニューオグデンよりも歴史の古い町、オグデンに移動する。そこからリーハイに行こうと考える。

ユタ州交通局が運営する通勤鉄道フロントランナーが、オグデン駅から出ている。軽量の自転車を抱えた通勤客に前後を挟まれて、バーナムはホームに向かう。フロントランナーの車両には自転車のラックが用意されている。

　ユタ州旗の色をモチーフにした、赤と白と青に車体を塗りわけた列車に乗りこむ前に、バーナムは持参した手書きの路線図を見て停車駅をたしかめる。オグデンのつぎはロイ。つぎはクリアフィールド。レイトン。ファーミントン。ウッズクロス。ノーステンプル・ブリッジ。ソルトレイク・セントラル。マレー・セントラル。サウス・ジョーダン。ドレイパー。そしてリーハイ。

　幼いころから一度は乗ってみたかった通勤鉄道フロントランナーの座席に、バーナムはぐったりした様子で腰かける。母親がいろいろとテキストメッセージを送ってくるが、そのどれにもバーナムは返信しない。母親はきっとぼくがショックで心を閉ざしていると思っているんだろう。バーナムはそう考える。バーナムは母親に会う気もなければ、父親の遺体が運ばれた安置所に行くつもりもない。父親が死んだ場所がどういうところなのか。それを自分の目で見ることだけをバーナムは求めている。焼け落ちたあの工場がすっかり解体されて、更地《さらち》になる前に。たとえ事故直後で近づけないとしても、自分にできるのはそれしかない。

　ヘッドレストに寄りかかって頭を支え、バーナムは窓の外を見る。昨日豪雨のなかを歩いたせいか、あるいは一晩中火災の映像を見ていたためか、ターコイズ・ブルーの空と真っ白な雲が、十七年の人生の記憶にないほど明るく、まぶしく感じられる。

フロントランナーが動きだす。リーハイまでおよそ一時間半の旅。

バーナム。バーナム・クロネッカー。

聞き覚えのない声に名前を呼ばれて、バーナムは目を開ける。自分の前に男の制服警官が立っている。声は知らないが、顔には見覚えがある。高校に常駐しているキャンパス・ポリスの一人。

寝すごして終着駅のプロボ・セントラルまで来てしまったのか。バーナムはあわてて窓の外を見る。まったく気づかないなんて。昨夜に一睡もしなかったせいだ。

だが、窓の外に駅のホームはない。それどころか、自分がいるのは通勤鉄道フロントランナーの車内ですらないと気づく。視界に飛びこんでくる高校のカフェテリアの眺め。バーナムは太い眉をひそめる。いつのまにここで寝てたんだろう。考えてみれば、列車のなかでキャンパス・ポリスに起こされるのも奇妙だし、だいたい向こうがぼくの名前を知っているわけもない。

列車の座席で目を覚まして窓の外を見たと思った動作は、一人きりで突っ伏していたカフェテリアのテーブルから頭を上げた動作に移り変わっている。バーナムは茫然として、自分を見おろしている警官の顔を凝視する。

バーナム・クロネッカー、と警官が言う。いっしょに来てくれないか。

なぜですか。

生徒が銃で撃たれたんだ。

誰が。

いいから、私についてきてくれ。

断固とした口調で告げ、おもむろに歩きだした警官のあとに、しかたなくバーナムはついていく。高校の見慣れた廊下を歩き、見慣れた窓を眺める。やがて、1－Eの教室の前にやってくる。

教室に足を踏み入れてすぐに、バーナムは、ねばついた感じで床に広がっている血液に目を奪われる。残酷な光景。血だまりのなかに投げだされた大きな足。あきらかな死体。死体の靴底から視線を上へ動かしていくと、頭部がないのに気づく。切り落とされたのではなく、おそらく吹き飛ばされている。頭蓋骨ごとすっかり消えてしまっている。

これが誰かわかるかね。

バーナムは警官の問いに沈黙したまま、死体を見おろす。

バーナム・クロネッカー。ふたたび警官が言う。これは誰だ。

バーナムは震える声を振りしぼる。タキオ・グリーンです。

まちがいないか。

まちがいありません。

警官は制服の胸ポケットからメモパッドを取りだして、何かを書きつける。それから言う。使用された拳銃はステンレス・フレームのオートマチックだったね。

そうです。バーナムは答える。答えながら、嘘だ、と心のなかでつぶやく。見てもいないのになぜぼくは、**そうです**、と答えているのか?

タキオ・グリーンがこめかみを撃たれたとき、きみは近くで見ていたね。

はい。――また嘘だ――ぼくは見ていない――でたらめだ――これは夢――

まったくひどい世のなかだ。あんな大口径の拳銃を高校生が持ち歩くなんて。確認だが、彼が撃たれた瞬間を、きみは眺めていたんだね。

はい。ぼくはタキオが攻撃される様子を、いつも見ていました。ただ、見ていたんです。何度も撃たれ、何度も殺される姿を。ぼくは観察者《オブザーバー》でした。ぼくは見ていただけ。父さんが死んだときも、父さんが火のなかで焼かれるのを、とにかくずっと見ていたんです。

これは夢なんだと思いながら、バーナムは、あらためてタキオの死体を眺める。頭があったはずの血だまりの周囲に、泥のついたジャガイモが転がっている。そのジャガイモの表面にうっすらと火が揺らめいている。

ジャガイモが燃えています。バーナムは警官に言う。どういうことですか。

訊かれた警官は肩をすくめる。さあ。きっと火事なんだろう。

これが火事ですか？

リチウムイオン電池の火災事故は、たいてい内部短絡《ないぶたんらく》で起きるから。こんなふうに。

あの、内部短絡って何ですか。

父親に聞かされただろう？

いえ、何も。

電池の隔離体のなかに導電物があったりした場合、電池のなかでプラスとマイナスが電気的に触れ合ってしまうんだ。本来接触しないもの同士が接触する。そこで高熱が生じる。きわめて高い熱が。

バーナムは眉をひそめて、警官に問いかける。もしかして、これは夢ですか。

何だって。

これは夢なんですね。

夢？　きみは内部短絡を知らなかった。自分でそう言ったんだよ。自分の知らないことを、夢が教えてくれるかね？

それは。バーナムは口ごもる。

時間がないんだ。私が訊きたいのはね——そう言って警官は、タキオの死体に目を向ける。彼を殺すのは誰かということだ。これを誰がやるのか。

それはわかります。一人しかいません。やったのは——

やったのは、じゃない。やるのは誰か、と私は訊いているんだ。

どういうことですか。

今、私が質問したとおりだ。

つまり、それはどういう——

警官は答えない。黙って首を横に振っている。

バーナムは死体を見つめる。頭が吹き飛ばされている。床に広がった血だまりはどこまでも赤い。その周りに転がったジャガイモは燃えつづけている。遠くで火災警報の音が鳴る。あるいは別の警報の音が。**その音を聞くうちに、バーナムは夢から覚める。**

——息を大きく吸いこんで、バーナムは窓の外をたしかめる。列車は駅のホームに入っている。ぼくは一時間以上も眠ったあげくリーハイで下車しそこねて、終着駅のプロボ・セントラルまで来てしまったんじゃないか？　だとしたら、昨夜一睡もしなかったせいだ。一睡も——待てよ、ぼくは夢のなかでも同じことを考えた。そうじゃないか？　バーナムは記憶をさぐる。悪夢の内容がよみがえってくる。ほとんど覚えている。現実そのもののように見えた血、現実そのもののように見えた死体、現実そのもののように迫ってきた絶望感。リチウムイオン電池の内部短絡の説明。自分の心臓がいまだに激しく波打っているのにバーナムは気づく。夢を見ているあいだに、ぼくは叫び声を上げたりしなかっただろうか。嫌な夢だった。あの夢のなかで、タキオは本当に。あれは夢だったのか。じゃあ、これも夢なのか。

自分が目覚めているのか確信が持てず、バーナムは急いで顔を洗うように、掌ですばやく顔を撫でまわす。まぶたに触れ、鼻に触れ、頰に触れ、その手触りをたしかめる。それからスクールバッグを開ける。ファスナーの金属がすべる音を聞く。水筒を取りだして水を飲む。舌に広がる冷たい水の味わいをたしかめる。バーナムは思う。夢じゃない。これは現実。それに、ぼくはひどく疲れてるから。さすがに夢のなかで、こんなに疲れてるってことはない。

フロントランナーは動きだし、ファーミントン駅を出る。オグデン駅を出発した直後に自分は眠りに落ちたんだな、とバーナムは思う。ファーミントンより手前の駅を見た記憶がなく、移動の感覚も欠落している。

――つぎの停車駅、ウッズクロスでフロントランナーはとまる。ドアがひらく。おりるべき人々はおり、乗るべき人々が乗ってくる。乗るべき人々――

人影のなかに、コール・アボットに似た横顔をバーナムが見つけた瞬間、破裂音が空気を切り裂く。銃声。反射的にバーナムは、飛行機の乗客が墜落前に取る姿勢のように頭を低くする。血しぶきを見る。車内の通路にタキオの大きな足が投げだされている。でたらめだ。これは夢なんだから相手にするな、とバーナムは心のなかで叫ぶ。いいか、ぼくはまだ寝てる。これは夢なんだ。

すると、別の声が反論する。これが夢だって？　ぼくは電池の内部短絡を知らなかった。自分の知らないことを、夢が教えてくれるのか？

それは夢のなかの言葉だったはずだよ。

だから、さっきも言っただろう。これは内部短絡だってさ。

どういう意味。

自分自身の声だとしか思えない声が、バーナムに告げる。**タキオを見殺しにする。**

タキオを見殺しにって、誰が？　バーナムは訊きかえす。ぼくが？
父さんを見殺しにしたように。何もできない。
じゃあ、どうすればいいの。
じゃあ、どうすればいいの。
これは現実か。
これは現実か。
真似するのはよせ。
真似するのはよせ。
話にならない。
話にはなるよ。
きみは誰。
誰はきみ。
ぼくは、とうとう正気をなくしちゃったみたいだな。
教えてくれ。ぼくは何のために生きてるんだ。
何だって？
きみは何のために生きてるんだ。

さっき、きみはぼくって言ったよな。どっちの話なんだ。

ぼくは誰かを助ける。

きみが?

きみは誰かを助ける。

全然話が読めないよ。

内部短絡の話。隔離体のなかに導電物があって、本来接触しないもの同士が接触する。きみは誰かを助けてやれ。やりかたは知ってる。

ぼくは何をすればいいのか知らないよ。

きみは何をすればいいのか知ってるよ。

――バーナムの聴覚がしだいに鋭くなる。周囲に漂うノイズがいっせいに耳を襲ってくる。あれとこれの音。あっちとこっちの音。耐え切れなくなり、バーナムは両手で耳を塞ぐ。彼は自分の外側に物音を聞き、自分の内側に声を聞く。声、声、声。頭痛がする。めまいがする。この声はどこから聞こえてくるんだ。声はぼくな――のか。ぼくじゃな――いのか。自分《誰か》の声がバーナムに語りかける。これは意――識の誘拐《アブダクション》で、これ――は筋肉の外転《アブダクション》です。これ――は拡張的推――論の仮説生成《アブダクション》で――プラ・スとマ・イナス――電・気的・接触――デン・キ・テキ・キ・キ・キ――

そこでふいに声が途絶え、静けさが訪れる。バーナムは騒音と内なる声から解放され、フロントランナーは定刻どおりウッズクロス駅のホームに走りこむ。停車する。ドアがひらかれる。おりるべき人々、乗るべき人々。そしてひらかれたドアから――

三葉虫を身にまとった人物が乗ってくる。

一人の人間の頭から腰までをすっぽりと覆った大きな三葉虫。その模型。その衣裳。上を向いて人体に貼りついている。

それが通路を歩いて、正面からバーナムに近づいてくる。その様子をバーナムはじっと見ている。雨の日にスクールバスのなかで見たときと同じように。だがあの日よりも、容姿のすべてがはっきり見てとれる。すべてが。細部まで。

バァァナム・クゥゥロネッカァァ――

さっきまで頭のなかで響いていた声よりも、はるかに多くのノイズが混じった声、ひどくかすれている声で、それは言う。

バァァナム・クゥゥロネッカァァ――

そして鳥が啼《な》くようにこう続ける。

カ、カ、カ。

バーナムはそれをじっと見つめている。それが声を発したのに驚く。正気だとは思えない。だが同時に、あえてその姿を選んだセンスには、心から賛同できる——全面的でなく限定的な範囲で、すなわち一人の三葉虫化石のコレクターとしてなら。

目の前にいる相手の頭から腰までを覆った一匹の三葉虫の名を、バーナムは知っている。**オレノイデス・スペルブス**。その化石が欲しいと願った日から、いったいどれほどの月日がたっているのだろう。簡単には買えない化石。だからバーナムは、いまだに手に入れられずにいる。

コレクターたちのあこがれる三葉虫、オレノイデス・スペルブスを身にまとったそれは、あろうことか右手に銃をにぎっている。かなり古い型式のリボルバー。西部劇に出てくる回転式拳銃。

スクールバスで見たとき以上にまともじゃない。バーナムは思う。常軌を逸している。絶対に話の通じない相手だ。でも、そんな相手を前にして、なぜぼくは、こんなふうに落ち着いていられるのか。勇気も無謀さもまるで持ち合わせない人間なのに。

それの持つ銃を見ているうちに、バーナムの意識に父親の部屋の様子が浮かんでくる。父親が熱心に集めた銃のコレクションがそこにある。そのなかに、同じ銃が、古いタイプのリボルバーがあったような気がする。たしかにある。見たことがある。見たことが。もしかして——

父さんなの？

バーナムは消え入りそうな声で、それに向かって尋ねてみる。

それは返事をしない。それはいつのまにかバーナムが手を伸ばせば触れられそうな距離にまで近づく。それはただ立っている。

こんなのが父さんのわけないだろ。

バーナムはいましがた抱いた自分の考えを、ただちに打ち消す。一瞬でもそう思った自分が馬鹿ばかしくなる。だが、それよりも目の前の三葉虫の衣裳——あるいは特大フィギュアと呼ぶべきか——をじっくり観察し、じっくり鑑賞するほうに夢中になる。よくこれだけのものを作ったな、とバーナムは感嘆のため息をつく。カンブリア紀を生きたこの三葉虫の美しさに匹敵する生きものは、現生する節足動物にもまずいない。

ユタ州ミラード郡マージャム層から採集されている、オレノイデス・スペルブスの化石をバーナムは思い浮かべる。古生代に栄えた、膨大な種類の三葉虫のなかにあって、もっとも美しいとされる種族。頭鞍《グラベラ》は盛り上がり、触角は勇ましく左右に伸び、胸部《ソラクス》から尾板《ピジディウム》までを均整の取れた棘《とげ》が飾っている。種名となったラテン語のスペルブス（みごとな、すばらしい、の意味）の形容にふさわしい存在。発見される数の多い三葉虫の化石は化石の王様《キング・オブ・フォッシル》と呼ばれるが、そのなかでも最高かもしれない。だからこそ、とバーナムは心のなかでつぶやく。だからこそ、あの三葉虫の化石をベースにした衣裳の完成度が高いからこそ――

腰から下にかけて見えている安っぽいスキニージーンズだとか、白いスニーカーだとか、そういうのは避けてほしかったな。身に着けるなら黒いタクティカルパンツと、黒いアーミーブーツなんかが正解だったよ。

いくぶん落胆したバーナムは、ある種の憐れみを目に宿し、それでもなお飽きずにそれを見つめつづけるうちに、ようやく違和感に気づく。それの身に着けているスキニージーンズやスニーカー。三葉虫の衣裳に隠されていない部分の服と靴。それらが、今の自分の恰好とそっくりだということに。

バーナムは息を吞む。恐怖に似た驚愕の色が顔に広がる。それの穿《は》いてるスキニージーンズの色落ちしている箇所は、ぼくが穿いてるスキニージーンズと一致してはいないだろうか。スニーカーはサンダーズマートで父親に買ってもらったやつに似ている。いや、似てるんじゃない。ぼくの履いてる靴だ。メーカーも種類も同じで、色も同じ、たぶんサイズも同じ、考えてみたらこいつの背丈もぼくと――

青ざめるバーナムに向かって、ひどくかすれた声でそれが告げる。

私はきみにトライロバレットになってもらいたい《アイ・ウォント・ユー・トゥ・ビー・ザ・トライロバレット》。

――通勤鉄道フロントランナーは、南に向かってユタ州を走りつづける。ノーステンプル・ブリッジでとまり、ふたたび走りだし、ソルトレイク・セントラルでとまり、ふたたび走りだし、マレー・セントラルでとまり、ふたたび走りだし、サウス・ジョーダンでとまり、ふたたび走りだし、ドレイパーでとまり、ふたたび走りだす。列車は走る。影に追いつかれ、その影を振り払うように。夢に追いつかれ、その夢を振り払うように。新たな夢へ。古い夢へ。線路の上を古い光と新しい影がからみ合って踊りながら通りすぎてゆく。

フロントランナーがリーハイ駅に到着すると、バーナムは座席から立ち上がる。スクールバッグを背負って通路を歩く。コール・アボットの影もタキオの死体もない。オレノイデス・スペルブスを身にまとったそれもいない。だが、バーナムは自分がもう元の世界にいないと感じている。ドアはすでにひらいている。フロントランナーをおりて、バーナムはホームを歩く。駅を出てバスに乗る。一時間に一本のバス。

父親の勤めていたリーハイのリチウムイオン電池製造工場が広いとは知っていたが、その巨大さはバーナムの想像をはるかに超えている。バーナムの目には、まるで一つの町のように見える。それほど広く、そして完全に廃墟と化している。戦場となった市街地のように。焦げた臭いを風が絶えまなく運んでくる。火は消えているが、いまだに消防車両や警察車両が出入りし、近づくことはできない。化学防護服を着た作業員が目につく。

工場の残骸の周囲には何もない。延々と荒野が広がっているだけ。地平線が見える。その上にターコイズ・ブルーの果てしない空がある。ここで三葉虫の化石が発掘できそうだな、とバーナムは思う。そして三葉虫《トライロバイト》という名前の由来について考える。

すべての三葉虫《トライロバイト》はからだの軸となる中葉《ちゅうよう》と、両サイドの側葉《そくよう》、三つの部分で構成されている。ギリシャ語で三を意味するTria《トライア》と、葉のような平らな器官を指すLobos《ロボス》を組み合わせて、その語尾に鉱物などの石を意味するite《アイト》をくっつけたのが、三葉虫《トライロバイト》という呼び名だ。それは一七七一年にはじめて文献に現われた——凄絶《せいぜつ》な炎で焼き尽くされた工場の残骸を見つめながら、バーナムは、フロントランナーのなかであの謎めいた存在が自分に向かって言った言葉を思いだす。あいつは、きみに三葉虫《トライロバイト》になってほしい、と言ったのか。

そうではないことは、バーナムにもわかっている。あの存在は三葉虫《トライロバイト》ではなく、たしかにトライロバレットと言ったのだ。バーナムは考えこむ。トライロバレット？　そんな言葉は聞いたことがない。おそらく辞書にも載ってないだろう。記憶をたどるバーナムの目に、あの存在の手にしていた古い型式のリボルバーが浮かぶ。

銃。弾丸《バレット》。

もしかすると、あの存在は、三葉虫の弾丸《トライロバイト・バレット》とでも言いたかったのだろうか？　バーナムは考える。バーナムはさらに考える。バーナムは——

きみは何をすればいいのか知ってるよ。

スキニージーンズのポケットに入れた携帯電話が震えている。バーナムは携帯電話を取りだす。知らない番号だが、母親だと思って電話に出る。

バーナムかい？

いきなり男の声がして、バーナムは眉をひそめる。タキオでもない相手。

誰ですか、とバーナムは訊く。

ネイサン・ライルズだよ。おだやかな口調で相手が答える。きみの高校の教師の。

ああ、ライルズ先生。

夏休み中だけど、学校に連絡があってね。それでぼくも知ったんだ。その、きみのお父さんのことを。

そうですか。

何て言えばいいのか。

別に何も言わなくていいですよ。

今どこにいるんだい。

まだリーハイ行きの列車に乗ってるんです。

お母さんと連絡は取れたのか。

まだです。急だったので、これから。

お母さんはきっと心配してるんじゃないかな。

そうかもしれません。

連絡したほうがいいよ。

はい。でも、どうしてそんなに気にかけてくれるんですか。

そりゃ、きみはぼくの教え子の一人だからさ。

先生たちのなかで電話をくれたのは、ライルズ先生だけですよ。

そうなんだね。何か力になれることはないかな。

いえ、特には。

もしお母さんから学校に連絡があったら、ぼくから何か伝えておこうか。

大丈夫です。ライルズ先生は、ぼくの父のことを知ってましたか。

いや、残念だけど、お会いしたことはない。

父は、ぼくの母にあこがれてたんです。

きみのお母さんに？

はい。父は本当は警官になりたかったんです。でも、なれなかった。だから警官として働く母と結婚したような気がします。

少なくともきみは、そう思ってたんだね。

そういう父を、母は面倒な奴だと感じてました。その気持ちは、ぼくにもちょっとだけわかります。

そんなことはないだろう、きっと。それはないと思うよ。

じゃ、もう切ります。列車のなかにいるので。

何かを言いかけた相手の言葉を聞かずに、バーナムは通話を切る。

父親が死んだ場所。その黒焦げの廃墟が強烈な日射しに照らされている様子を、バーナムはひたすら見つめる。光が浮き彫りにする徹底的な破壊の影。そして周囲の荒野を眺める。ミラード郡に化石採集に行ったとき、帰りに父親に連れられていったデルタの町の射撃場を思いだす。そこで父親は古いリボルバーを借りて撃っていた。今日のようなターコイズ・ブルーの空の下で。

父さん。バーナムは吹いてくる風のなかで呼びかける。グレード12の新学期がはじまったら、ぼくはコール・アボットを撃ち殺すよ。それしかタキオを救う方法はない。ぼく自身は、どれだけやられてもいいんだ。だけどタキオを見殺しにはできない。傍観者でいたくない。リリアナ・ムーアも殺すかどうかは、まだわからない。その日が来たら、ぼくはライルズ先生も撃ってしまうのかな。それもわからない。それでも、ぼくはやるよ。だってこの世界にはもう何もないんだ。あるのは絶滅の未来と化石の過去だけだろ。それだってぼくはもう、じゅうぶんに味わってきたんだよ、父さん。

バーナムの心に、ひどくかすれたあの声がよみがえる。

私はきみにトライロバレットになってもらいたい《アイ・ウォント・ユー・トゥ・ビー・ザ・トライロバレット》。

ぼくはきみだ、とバーナムは思う。それなら、きみはぼく。ぼくはきみになってもらいたい。きみはぼくになってもらいたい。トライロバレット？　奇妙な名前だ。でも、たぶん、ぼくはきみのことがわかるよ。きみはぼくだからさ。

9

相変わらず深夜にウィットロー高校がある方角へ向かって飛んでいくヘリコプターの騒音に悩まされながら、男は自分の経営する店の床に敷いたマットレスの上で横になる。眠りに落ちると、悪夢のなかをさまよいだす。目覚めるまでずっと。男は戦場に引き戻される。

悪夢のなかのアフガニスタン、カンダハールの町。アメリカ合衆国陸軍少尉として男は部下を率いて戦う。町に仕掛けられた爆弾がつぎつぎと炸裂するなかで、部下たちのからだが切り裂かれていくのを眺める。ある者は大量の血を吐き、ある者はこぼれだした自分の小腸を青ざめた顔で見つめ、ある者はハンヴィーの助手席で火だるまになり骨だけとなる。そんな部下を、別の部下が助けようとしている。彼らは死にあらがう。あきらめずに。臆することなく。誰が生き延びて帰国するのかを男は知っている。そして帰国したあとに、誰がみずから命を絶つのかも知っている。足もとに転がる死体。民間人に戻った部下の死体。アパートメントの壁に付着した血しぶき、床に広がる血だまり。葬儀、星条旗、何らかのメダルの授与。メダルが授与されたのは部下が死ぬ前だったか、死んだあとだったか。男は夢のなかで考える。考えてもよくわからない。そして銃弾が男の耳をかすめ、男はその音を聞く。戦場での小鳥のさえずり《チャープ》。男は新たな銃撃戦に全身全霊を注ぐ。男は上を向いて撃ちかえす。建物の窓を狙って。屋上を狙って。銃を持っていない子供や女の影も見えるが、すでに標的を識別する余裕はない。

悪夢のなかで繰り広げられる銃撃戦に没頭していた男はふいに、路地の上で空中停止《ホバリング》している兵器の存在に気づく。逆光で影にしか見えないが、そいつは地上から七、八メートルの高さを飛行している。味方のドローンなのかと男は思う。しかしそいつが地表に降下し、敵兵と交戦中の陸軍兵士《ソルジャー》の背中にぶつかって、つぎの瞬間、陸軍兵士が血を吐き、前のめりに倒れる様子を目撃する。

男は倒れた部下に駆け寄り、生死をたしかめる。背中に二つの大きな穴が空いており、迷彩服に血と肉片が飛び散っている。大きな刃物でえぐられたような傷。男は罵《のの》しりの言葉を吐き捨て、憎しみのこもったまなざしを上に向ける。敵の兵器はふたたび浮上している。そいつは下降して、別の兵士を殺す。また上昇して、急下降すると別の兵士を殺す。また別の兵士を。殺戮は続く。

そのドローンの全長は一メートルにも満たず、翼もプロペラもない。どうやって飛んでいるのか。だいたい、小型のドローンがあんなふうに人間を攻撃できるものではない。自爆ならともかく、下降して標的を刃物で突き刺している。そしてまた上昇する。男は今までにそんな兵器を見たことがなかった。カンダハールの戦場でも、アメリカ軍の基地のなかでも、悪夢のなかでさえも。合衆国に敵対する別の国家が提供した新兵器なのか。男はアサルトライフルを構えて、宙に浮く兵器に狙いをつける。

男の目に血の混ざった汗が流れこみ、男はまばたきをする。その一瞬で宙に浮く兵器は移動し、男の背後に回りこむ。だが、おかげで振りかえった男は、順光の位置から兵器を見られるようになる。よく観察すると、それは機械ではなく、生き物の形をしている。一枚の布のように全身を波打たせているが、側面にいくつもの鰭《ひれ》があり、それらが連動しているのがわかる。小さな頭の真横にテニスボール大の丸い眼球が二つあって、頭の先から二本の太い触手が伸びている。触手は下向きに湾曲して、つまり上から下へと襲いかかる捕食者《プレデター》の特徴をあからさまに示している。

宙に浮いている謎めいた生き物。眼球は男の故郷ユタ州の空のように澄んだターコイズ・ブルーで、しかし温もりはなく、感情のない無機質の冷たさに満ちている。エイのようでエイでなく、イカのようでイカでもない。エビに似ているかもしれないが、エビでもない。こういう生き物を、男はどこかで目にしたような気がする。目の前で動く姿は見たことがないが、かといって空想上の存在でもない。誰もいない家のソファにすわってひたすらテレビを観ていたとき、ネイチャー番組か何かで、こんな生物のCGが映ってはいなかったか。たしか自然史博物館でも、イラストを見た記憶がある。あれは、あいつは——

複雑に入り組んだ悪夢のなかで、男の無意識に沈んでいる記憶の箱が開けられそうになった瞬間、宙に浮いている生き物が男のほうに向きを変える。水のなかを泳ぐように全身を波打たせている平らな形態。下向きに湾曲した獰猛《どうもう》な牙。

皆殺しにしろ《キル・ゼム・オール》、とその生き物が言う。

男はその言葉をたしかに聞きとる。

男の近くにいる敵兵が生き物の牙に胸をえぐられて倒れる。無惨に引きずりだされた肋骨が血のなかで一瞬白く光り、それから赤く染まる。そして男の部下たちがつぎつぎと殺される。

男は混乱する。こいつは敵でも味方でもないのか。

謎めいた生物は急旋回し、さらに空中を遊泳する。男はそのあとを追っていく。敵だろうと味方だろうと、こいつを殺さなければならない。そう思いながら。その理由はわからないままに。

男は浮遊する生物を追って、ウェストポイントとカンダハールが混合した悪夢の町を駆け抜ける。迷路。迷宮。砕かれた記憶のジグソーパズル。走っているうちに、ウエストポイントでもカンダハールでもない、別の場所に迷いこむ。西洋的な建築が見えてくる。古い建物。ボザール様式で建てられた校舎。男の卒業したニューオグデンのウィットロー高校。その高校に向かって、謎めいた生物が宙を移動していく。ヘリコプターの音がする。銃声も。爆発音も。

こんなふうにおれたちを戦場へ派遣したのは誰だ？

息を切らして走りながら男は思う。

重要なのはウェストポイントよりも前なのか。そうか。やはり教育なのか。ウェストポイントへ進学するおれを、誰も引きとめようとしなかったあの高校か。引きとめるどころか、むしろ手を叩いて送りだした教師たち。あの場所から、また新たな陸軍兵士《ソルジャー》が生みだされる。おれたちの正義は時代遅れだ。おれたちの正義はいまだに年老いた馬に乗り、骨董品のサーベルを振りまわしている。この現状に誰かが一石を投じなくてはならない。この地獄に。誰かが。

皆殺しにしろ《キル・ゼム・オール》。

悪夢から目覚めた男は、そばに置いた護身用のショットガンをつかみ、銃口を天井に向ける。店のエアコンは作動しているが、男の全身は汗にまみれている。血と硝煙の臭いが男の鼻の奥に残っている。男は悪夢で見た光景をはっきりと思いだせる。そこで何が起きたのか。どれほど残忍な殺戮がおこなわれたのか。しばらくたって、男は震えている自分の指をショットガンのトリガーから放す。

男は起き上がり、発泡ポリエチレンとＥＶＡ樹脂製の薄いマットを丸めて壁に立てかける。それから店の裏口のドアを出て、隣接する自宅へ向かう。朝食をとるためには、家のなかの冷蔵庫を開けるしかない。

裏庭を歩いて横切ったとき、物置き小屋の屋根の上にいる小鳥たちが視界に入ってくる。スズメ目《もく》の小鳥。黒い瞳。丸みを帯びた小さなくちばし。頭とくちばしの下から胸までを覆っている毛が、日差しを受けて明るく光っている。新鮮なグレープフルーツの果肉を思わせる色合いに。

男は自分のファミリーネームと一字ちがいの名前を持つ小鳥どもを、いらだった目つきでにらみつける。男の名前はフランク・フィンチ《Fynch》で、小鳥の名前はハウス・フィンチ《Finch》。

小鳥どものさえずりが、たった数センチ差で頭上や耳の横をかすめていった弾丸の音を思い起こさせる。戦場で飽きるほど聞いた、死のさえずり。

屋根の上が糞で汚されているのに気づくと、男の頭に血がのぼる。物置き小屋はこの前ペンキを塗り直したばかりだ。この小鳥どもが、と男は思う。怒りはしだいに膨らみ、抑えきれなくなる。

男の怒りをあざ笑うように、小鳥どもはさえずりつづける。

逆上した男は急いで店に引きかえし、護身用のショットガンを手にして裏庭に戻ってくる。十二ゲージのウィンチェスターM1897を構え、小鳥どもを狙うが、軽快に跳ねまわる相手になかなか照準が定まらない。散弾の広がる範囲を考えれば、撃ちさえすれば数羽は無力化できる。でも、うまくやらないと物置き小屋の屋根ごと吹き飛ばすだろうな、と男は考える。男がショットガンを構え直し、指先でトリガーに触れると、攻撃の気配を察したのか、小鳥どもは物置き小屋の屋根からいっせいに飛び立つ。

その姿を追って男は銃口を空に向け、トリガーを引く。散弾が広がり、一羽だけがよろめいて低空飛行になる。落ちたかどうかはわからない。男は罵りの言葉を吐く。小鳥たちの消えた空をじっと眺める。その方角に何があるのかを知っている。ウィットロー高校。ウェストポイントからさかのぼった自分の過去。ブラックホークも小賢《こざか》しい小鳥も、やはりみんなそこへ飛んでいく。男は確信する。おれはそこに一石を投じなくてはならない。理屈は通っている。おれはきわめて論理的だ。

行動しろ、と男は自分自身に呼びかける。あるいは、自分自身のなかの誰かに向かって。自分自身のなかの誰かのようでありながら、結局は自分自身である魂に向かって。あるいは魂のようでありながら、底なしの暗黒の穴でしかないものに向かって。

ウィットロー高校銃乱射事件

エピソード　2

1

父親の部屋に入って、バーナムは静かにドアを閉める。黒の遮光カーテンを閉め切った部屋は暗く、この夏にエアコンが作動していなくても涼しさを保っている。バーナムはかすかに漂っている父親の匂いに気づく。天井の明かりをつけ、そのスイッチのある壁の棚に並んだ本とCDのケースを見る。父親はサブスクリプションではなく、プレイヤーにCDをかけて音楽を聴く古いスタイルが好きだった。バーナムの知るかぎり、そういう人間はほかにいない。バーナムはこの部屋と父親の乗る車以外の場所でCDを見たことがない。

バーナムは部屋を見まわす。主人を永遠に失った部屋は何て奇妙なんだろう、と思いながら。実体が突然消えて、影だけが残っているような。およそ人の形とはかけ離れた物たちが、たしかにここにいた父親の影になっている。ぼくがいなくなったら、ぼくの集めた化石もこんなふうに見えるんだろうか。そうかもしれない。でも誰が見るんだ？　母さんには無理。母さんは、三葉虫の化石を気味の悪い虫の死骸としか思ってないから。

バーナムは父親の机にゆっくりと歩み寄る。自分の部屋にあるのと同じ、ヒマラヤ杉の一枚板で天板《てんばん》が作られた引きだし付きの机。机の向かいの壁はいくつもの穴が空いた工具ホルダーになっていて、さまざまな工具がそこにフックで吊りさげられている。ハンマー、ヤスリ、ドライバー、ペンチ、糸のこぎり。重くて壁に掛けられないような、実包《じつぽう》を作るときに使うプレスなどは机の右側の棚に置かれ、ほかにも実弾の材料が用途やサイズごとに収納されている。

バーナムは机の左側の棚に目を移す。そこに父親が大事にしていたコレクションがずらりと並んでいる。ショットガンやライフルはなく、拳銃《ハンドガン》ばかりだ。古いものもあれば、新しいものもある。グリップやトリガーに細工をしすぎて、もはや原形をとどめていないような拳銃も。母さんは残らず処分するだろうな、とバーナムは思う。ここにだけどごみ箱には捨てられないから、手つづきを踏んで業者に売るんだろう。ここに呼びつけて価格を査定させるかもしれない。

丁寧に手入れされ、そして父親に置き去りにされた拳銃たちをバーナムは眺める。

ふたたび父親に呼びだされ、射撃場で火を吹く日を待っている。その日は二度と訪れないのを知らずに。

この部屋で作業に没頭していた父親の背中をバーナムは思いだす。それから父親と母親の怒鳴り合う声も。

Δ

父親の部屋のドアに鍵をかけるか否かで、父親と母親が激しく言い争っていたのをバーナムは今でもよく覚えている。

拳銃が並ぶ部屋に、その気になれば幼いバーナムはいつでも出入りできた。ユタ州法では拳銃は二十一歳以上の市民しか購入できず、ショットガンを購入できるのは十八歳からだった。そしてバーナムは二十一歳でもなければ十八歳でもなかった。

母親は父親に向かって怒鳴る。部屋のドアに鍵をかけて、拳銃もぜんぶ鍵付きのガンロッカーに入れておくべきよ。いつも言ってるじゃない。バーナムが触ったらどうする気なのって。

あの銃たちは護身《セルフ・ディフェンス》用のために置いてるんだよ。それなのにドアに鍵がかかってたら、おれがいないときに銃を手に取って悪い奴と戦えないじゃないか。

誰が戦うの。

バーナム。

あの子は子どもなの。家には私がいる。隠し携帯の拳銃を持ってる。

知ってるよ。きみはスペシャリストだからな。それは認める。だけど、きみが家にいないときは？　バーナムが一人のときだってあるだろう。

ニューオグデンはそこまで危険な町じゃないのよ。

油断できないのがこの国だ。きみも知ってるはずだ。

あなたって本当に保守的《コンサバティブ》ね。あきれるわ。

保守的だって？　おれが？　おれは保守的でも進歩的《リベラル》でもない。戦術的《タクティカル》なだけなんだ。

戦術的って、それを私に言うの？　素人《しろうと》のあなたが？　笑わせないで。とにかく、あなたの持ってる拳銃の数は多すぎる。この話、前からずっとしてるけど。

どれにも弾は入っていない。この話も前からしてるよ。

弾が入ってないんだったら、すぐに使えないじゃない。護身用なんでしょ？　あなたの話はいちいち矛盾してるのよ。

大丈夫、バーナムにロード（銃に実弾を装填すること）の方法を教えたから。リボルバーも、オートマチックも。

信じられない。母親は叫ぶ。あの子がいくつだと思ってるの？

心配ないよ。バーナムは馬鹿な真似はしない。彼は物事の手順というものをちゃんと理解してるんだ。

物事の手順？　母親はさらに声を荒らげる。それって、化石の趣味にかぎっての話よね？

時間があるときに、リロード（実弾を作ること）も教えるつもりなんだ。

この家でバーナムが銃の暴発事故を起こしたら、私のキャリアは終わりね。

きみはバーナムの身の安全よりも、ニューオグデン市警察で働く自分のほうを心配するのか。

あなたこそ、あの子を理由にして、自分の銃への偏愛《ガンマニア》の欲を満たしているんでしょ。

そりゃひどい言いかただ。

あの子が暴発事故を起こしたとき、撃たれる相手が自分じゃないことをせいぜい祈ってなさいよ。

父親の机の椅子にすわって、背もたれに寄りかかり、バーナムは目を閉じる。警官になりたかった父親。警官になれなかった父親。エンジニアになってリチウムイオン電池製造工場に泊まりこみで働き、大規模火災に巻きこまれて死んだジョン・クロネッカー。父さんの人生とは何だったのか。バーナムは考える。いい人生だったのか、悪い人生だったのか。

△

とにかく、あなたの持ってる拳銃の数は多すぎる。バーナムは母親が父親に言い放った言葉を思いだす。机の脇の棚に飾られた拳銃を見て、それは母さんの言うとおりだな、とつぶやく。グロック、シグ・ザウエル、スミス・アンド・ウェッソン、ルガー、ヘッケラー・アンド・コッホ、トーラス・アームズ、さまざまなメーカーの拳銃がそろっている。バーナムは思う。警官になりたかった父さんにとって、拳銃は正義の象徴だった。それを集めるうちに、警官が好きなのか、拳銃が好きなのか、自分でもわからなくなっていったんだろう。母さんが父さんを非難した言葉は的外れじゃない。だけど、自分のやっていることを、客観的にはっきり理解している人間なんて、どれだけいるんだろうか。父さんは拳銃が好きだった。ぼくが化石を好きなのと同じ。父さんにとってはアメリカは銃の国、ぼくにとっては化石の国。たったそれだけのちがい。

バーナムは棚に並んだ拳銃を眺め、そこに**トライロバレット**が持っていた古いリボルバーがないのをたしかめる。それからバーナムは机の引きだしを開ける。自分の机であれば化石のケースがぎっしり詰まっているそのスペースに、鹿の革を張った長方形の木箱が収めてある。ふたに貼りつけてあるユタ州旗のステッカー。色落ちした州旗をしばらく見つめ、やがてバーナムは木箱のふたをそっと開ける。

コルト・シングル・アクション・アーミー、父親の自慢の一挺だった古いリボルバーが姿を現わす。それは木箱の底に敷き詰められた青いベルベットの上に横たわっている。銃身長七・五インチ（十九・〇五センチメートル）、四十五口径、十九世紀のアメリカ合衆国騎兵隊が使用し、キャバルリー（騎兵隊の意味）の名で知られる軍用拳銃。

ひさしぶりに見た実物のキャバルリーと、人間に張りついていたオレノイデス・スペルブスの容姿が、バーナムのまなざしのなかで重ね合わされる。キャバルリー、それは**トライロバレット**が持っていた拳銃とまったく同じだ。

バーナムは青いベルベットに横たわるリボルバーを、ゆっくりと持ち上げる。銃身やシリンダーの黒い光沢を凝視し、鋼の重みを味わい、手にした木製グリップから伝わってくる温もりを感じる。

ぼくはこの古い拳銃でコール・アボットを殺すのか。バーナムは思う。そのとおりだ。これでタキオの命を守る。そうすることは、自分でもよくわかってる。この拳銃をそんなふうに使ったら、父さんは怒るかな。いや、これは父さんも理解してくれるはずの行動なんだ。正しさのために拳銃を使うってことは。だったら母さんは？　まちがいなく怒るだろう。ぼくを撃ち殺してやりたいと思うくらいに。それにこのキャバルリーは、父さんのコレクションのなかでもいちばん高いやつだし、どれくらいの値がつくのかは知らないけど、博物館級の存在にはちがいない。それが売り物にできなくなったら、母さんはもっと怒るよ。だけど、父さんのコレクションは、母さんが売ってお金に換えるためのものじゃない。

バーナムはキャバルリーを持って登校し、教室で、廊下で、あるいはカフェテリアで、自分がコール・アボットを撃つ場面を想像する。銃声が響く。シリンダーに入る弾丸の数は六発。ぼくは何発をコール・アボットに撃ちこむんだろう。恐怖に目を見ひらいたコール・アボットをぼくは見おろす。血を流して倒れたジョックの横で、クイーン・ビーが悲鳴を上げている。リリアナ・ムーアも撃つかどうかを考える。もしも彼女を撃ったあとはどうする？　ライルズ先生をさがして撃ち殺し、最後にはやっぱり自分の頭を撃ち抜くのか。無責任なアクティブ・シューターがたいていそうするように。声なき声明。定番のお別れ。

　自分のこめかみにキャバルリーの銃口を当てた自分が高校の廊下に立っている姿を思い浮かべ、バーナムは違和感に気づく。何かがおかしいことに。そうじゃない、と彼は思う。この光景《ビジョン》には何かが足りない。これだったら、ただのバーナム・クロネッカーが起こした銃撃事件にすぎない。ぼくはその意味を考えないといけない。

　バーナムの耳もとでひどくかすれた声がささやく。

私はきみにトライロバレットになってもらいたい《アイ・ウォント・ユー・トゥ・ビー・ザ・トライロバレット》。

　バーナムはキャバルリーをじっと見つめ、おもむろに顔を上げて首を回し、父親の部屋をより注意深く見渡す。父さんは防弾ベストを持っていなかったのかな。きっと持ってるはずだ。彼は椅子から立ち上がって部屋のなかを歩きだす。ほどなく防弾ベストを見つけ、カイデックス（耐衝撃性、耐水性にすぐれた軽量の合成樹脂素材）のプレートをパーツに多用したドイツ製のタクティカル・ベストも見つける。材料がそろってきたのを実感する。それでもまだ足りない。バーナムは立ったまま目を閉じて考える。あるべき未来の光景をさがす。つぎ目を開けたとき、彼にはその光景が見えている。

2

すでにある材料を考慮して、ノートにおおまかな図案をえがき、頭のなかで組み立ててみる。イメージ、そして図案の修正。それを五度繰りかえしたのち、バーナムは作業に取りかかる。タクティカル・ベストをばらばらにし、カイデックスのプレートを一枚ずつ取り外して、新たなパーツにする。玄関の傘立てに差してある雨傘から金属の骨《フレーム》を引きはがし、新たな骨組みをこしらえる。材料が足りないと思えばガレージにおりていき、適当な形に切断して使えそうなものをさがしてみる。防水シート。ゴム手袋。ゴム長靴。古タイヤ。

材料を補充し、ふたたび図案を修正してから、父親の持っていた防弾ベストを基礎として、バーナムはあるべき場所に加工したパーツを配置していく。まだ接着はしない。完成させるのは最後の日になる。最後の日、そう考えてから、バーナムは思い直す。あるいはそれを最初の日と呼ぶべきなのかもしれないな、と。

ガレージに溶接用ヘルメットが置いてあったことに、バーナムはかなり助けられる。火花の飛び散る溶接こそしないが、それは製作に欠かせない材料だ。溶接用ヘルメットを所有していた父親に、バーナムは心のなかで感謝を告げる。そして部屋に引きこもり、夏休みの日々を費やして作業にのめりこむ。父親の葬儀の参列を拒否してまで。

父さんの葬儀にはライルズ先生もやってくるだろう。バーナムはそう予測する。喪服を着たネイサン・ライルズが、形だけの涙を流す母親と並ぶわけだ。その姿を眺めても何の役にも立たない。時間の無駄でしかない。親戚のなかには父さんの葬儀に来ないぼくを責める人もいるはずだし、突然の死にショックを受けるあまり、家を一歩も出られなくなったと誤解する人だっているかもしれない。どっちにしろ、ぼくが見捨てられるのであれば、それはそれで好都合だ。それでいい。

身にまとうスーツの要《かなめ》となるオレノイデス・スペルブスの造形、その製作を進めるなかで、果たして背中のデザインをどうするべきか、という問題についてバーナムは思案する。スクールバスとフロントランナーのなかで出会った彼の上半身は、前後から二匹の三葉虫に挟まれていた。フロントランナーのなかで正面はよく見えたが、彼の背面をはっきり見る機会がなかった。いったい、どういうデザインにすれば――

考えても答えは出てこない。疲れを感じて作業の手を休め、バーナムは階下へおりる。冷蔵庫のドアをひらき、空腹を満たせるものがないか物色する。何もない。野菜室の引きだしを開ける。タマネギ。しなびたエシャロット。リンゴが一つ。バーナムはリンゴを手に取って香りを嗅ぎ、流し台の水道で洗って、皮ごと食べはじめる。頬をふくらませて咀嚼《そしやく》しながら、ある朝、いきなり虫に変身したグレーゴル・ザムザのことを考える。**エルラシア・キンギイ**。ぼんやり考えるうちにふと、そんな声が聞こえてくる。ひどくかすれた、あの声。何かの啼き声のような。それでバーナムは、スーツの背中側のデザインをエルラシア・キンギイにしようと思いつく。生まれてはじめて自分の手で化石を採取した、ユタ州を代表する三葉虫の形に。だが完成度にこだわるべきなのは、やはり正面のオレノイデス・スペルブスであって、背面の造形にはあまり材料を割けない。

一階のキッチンでリンゴをかじりつつ、バーナムは自分の立っているキッチンマットに目を向ける。足もとをしばらく見つめ、おもむろにキッチンマットからおりて、その敷き物を裏がえし、引き伸ばされたタイヤのような薄いゴムの凹凸《おうとつ》を眺める。つぎに彼はバスルームに行き、そこにある足拭きマットも裏がえす。さらに玄関に行き、そこに敷いてあるマットも裏がえす。リンゴをすっかり食べ終えた彼は、三枚のマットを持って部屋に戻り、机に向かって考えはじめる。マットのゴム製の裏面を材料にして、あのエルラシア・キンギイの美しい甲殻をできるだけ忠実に再現するには、どうすればいいのか。

Δ

ニューオグデン二十二番通りから、二十五番通りへ。バーナムは家を出て、ヴァン・アレン・アベニューを歩く。熱波に見舞われる八月の午後。南に向かって三ブロック進むうちに、フィンチ金物店《ハードウエア》の看板が見えてくる。

町の人々から忘れられてしまったような、さびれた雰囲気の金物店。企業努力はまったく感じられない。それでもつぶれずに、ここで細々と営業を続けている。バーナムは看板を見上げる。二年前にタガネを買いに訪れたときよりも錆《さび》が目立つ。軒下で蜘蛛《くも》の巣がだらしなく風に吹かれている。ドアの横のショーケースにバーナムは視線を移す。薄汚れたガラスの内側に、園芸用ホースや手押しの芝刈り機がたいした工夫もなく置かれ、商品にぶらさげられた紙の値札は日を浴びて色焼けしている。

バーナムが店のドアを開けると、小さなベルの音が鳴る。入ってすぐ右手のレジカウンターの内側に、愛想のない店主が背中を丸めてすわっている。バーナムはさりげなく店主に目を向ける。
店主のフランク・フィンチは、紙に何かの絵を描いている。疲れた顔つき。右手に鉛筆。左手に煙草。新たな客が現われても、まったく反応しない。一瞬でも見ようとさえしない。まるで絵を描くのがおれの仕事だと言わんばかりに、鉛筆を動かすのに没頭している。左手でつまんでいる煙草をときおり吸って、それからゆったりと煙を吐きだす。灰皿に落としそこねた灰が紙にこぼれると、無造作に指ではらいのける。そしてまた絵を描く。

あまりにも客に無関心な店主を目《ま》の当たりにしたところで、バーナムは仕事中なんだろうとしか思わない。レジカウンターの前を通りすぎ、目当ての品物のところへ向かおうとする。しかし、棚と棚に挟まれた通路を先客がふさいでいる。彼女の横顔を見てすぐにバーナムは、家の近所に住んでいるエッカート夫人だと気づく。

エッカート夫人はアイスホッケーの元選手で、背丈はバーナムと変わらないが、はるかに屈強な体格をしている。冷蔵庫や洗濯機のようなからだつき。彼女は毎日どれくらい食べているんだろう、とバーナムは思う。プロテインを飲むのも欠かさないんだろうか。彼女がそこに立っているだけで、金物店の通路の一つがふさがっている。

エッカート夫人は携帯型扇風機を店内に持ちこんでいる。それなりに冷房が効いているにもかかわらず、彼女はひどく汗をかき、首すじにたえまなく風を送りながら、棚に並ぶ水道用の小さな金具をあれこれと手に取っては首を傾《かし》げ、不満そうに小声で何かをつぶやいている。

エッカート夫人の障壁を前に、バーナムは直進をあきらめて迂回《うかい》し、別の棚と棚のあいだを通り抜ける。一分もかからずに目当ての品物を見つけるが、それはリールに巻きつけてあり、必要なぶんを店主に申告しなくてはならない。バーナムはレジカウンターへ戻って、店主に声をかける。

すみません。ちょっといいですか。

店主は返事をしない。ひたすら絵を描きつづけている。

大声を出すのが苦手なバーナムはさっきと同じ声量で、すみません、と呼びかけ、レジカウンターの端を指先で軽く叩《たた》く。

そこでようやくフランク・フィンチは顔を上げ、なぜ自分に声をかけたのかと問い詰めるような目つきでバーナムを見つめる。

バーナムは言う。あっちの棚にあるアルミニウムの針金と、フッ素ゴムのチューブを買いたいんです。リールに巻きつけてあるやつ。

フランク・フィンチは煙草を灰皿に押しつける。近くにあるメモパッドから紙を一枚引きちぎり、さっきまで絵を描いていた鉛筆の先をそこに移す。どの動作もゆっくりとしている。フランク・フィンチがバーナムに尋ねる。サイズは？

アルミニウムの針金は一ミリメートルのやつで、フッ素ゴムのチューブは内径二ミリメートルのやつです。

どれくらい欲しいんだ。

どっちも四メートルです。

フランク・フィンチは客の要望を書きとめると、脇にある棚の引きだしからメジャーとニッパーを取りだす。ほかにいる物があるなら、まとめて言ってくれ。

訊かれたバーナムは、少し間を空けて答える。接着剤も買います。石の工作に使うんですけど、エポキシの接着剤を買えばいいですか。

どんな石だ。

たぶん石灰岩です。

もしコンクリートを作る気なら、材料はセメントと水だ。接着剤はいらない。

コンクリートは作りません。石がくっつけばいいんです。

それなら二液混合タイプの、エポキシ樹脂系接着剤でいいだろうな。

じゃあ、それを買います。あまり高くないやつを。

フランク・フィンチは椅子を軋ませてのろのろと立ち上がる。そしてたった今目の前の客の存在を認識したような表情になって、バーナムを見つめる。おまえ、高校生か？

心なしかフランク・フィンチの声が低くなったことに、バーナムはひそかに動揺する。相手の目つきも鋭くなった気がする。バーナムはここまでの会話に何かおかしな点があったかどうかを考え、何もないはずだと自分に言い聞かせる。

ウィットロー高校の生徒か？　フランク・フィンチはさらに問いただす。

バーナムは掌に汗が浮いてくるのを感じ、とっさに嘘をつこうかとも思うが、会話がややこしくなるリスクを避けて、しかたなく無言でうなずく。そして考えつづける。ただの針金と、ただのゴムチューブと、ただの接着剤。金物店の店主に目をつけられる要素はないんだ。

店主はレジカウンターから身を乗りだし、バーナムに顔を近づけてくる。急に店を出るわけにもいかず、バーナムはたじろぎながら立っている。

ウィットロー高校の生徒だったら。フランク・フィンチは責めるような口調でバーナムに言う。夜中の校舎の上で、ヘリコプターが飛びまわってるのを知ってるよな。

ヘリコプターですか？　バーナムは訊きかえしながら太い眉をひそめる。

ああ、ヘリコプターだ。毎晩、毎晩。それも深夜に。おかげでこっちは眠れやしない。

夜中に高校にいるわけじゃないから、知りません。バーナムはかすれた弱々しい声で答える。

軍用ヘリコプターをしつこく飛ばしている理由を、おまえはどこかで聞かなかったか？

バーナムは困惑し、黙って首を横に振る。

フランク・フィンチは、急に興味をなくした様子で、虚《うつ》ろな目つきになる。まあ、おまえらは何も知らないだろうな。誰かが教えてくれないかぎりは。それで、欲しいのはアルミニウムの針金と、何だ？

メジャーとニッパーを手にしたフランク・フィンチが針金とチューブのコーナーに歩いていき、バーナムはレジカウンターの前に取り残される。店内を見渡すと、いつのまにかエッカート夫人の姿が消えている。

掌に浮いた汗をTシャツの裾《すそ》でぬぐい、バーナムは何げなくレジカウンターの上に視線を落とす。そこに店主が夢中になって描いていた絵が置かれている。その絵を見て、バーナムはめまいに襲われる。どうしてあの愛想のない金物店の店主がこんな絵を。彼は唾《つば》を呑みこみ、鉛筆で描かれた絵を凝視する。

一枚の布のように全身を波打たせている生き物。側面にいくつもの鰭《ひれ》がある。小さな頭に丸い眼球が二つ。頭の先から二本の太い触手が伸びて、触手は下向きに湾曲している。

えがかれているのは、どこからどう見ても、アノマロカリス・カナデンシスだ。古生代に絶滅した生き物。フィンチ金物店でその絵を見る事態の異様さに、かえってバーナムは失った冷静さを取り戻していく。不思議な確信が全身に広がりだす。ぼくは夢を見ている、とバーナムは思う。きっと今もそうなんだろう。ぼくはまた夢のなかで何かの暗示を見ている。目覚めたらここはフロントランナーの座席か、でなければスクールバスの座席なのかもしれない。ぼくは本当にここにいるのかさえ曖昧だ。この世界に、この町に実在するのかどうか。ぼくという人間そのものが幻にすぎず、古生代に夢見られた影の一つにすぎないとしたら。だけど、それでもぼくは――

きみは何をすればいいのか知ってるよ。

切り取った四メートルぶんの針金とフッ素ゴムチューブを持ったフランク・フィンチが、レジカウンターに戻ってくる。彼は暗い顔をしたティーンエイジャーの客が、自分の描いた絵をじっと見つめているのに気づく。フランク・フィンチは乱暴に絵をつかみ取り、にぎりつぶしてごみ箱に放り投げる。

バーナムは、いきなり取り乱したような店主の振る舞いを、静かに見つめている。

下手な絵を見られちまったな。フランク・フィンチが言う。何であんなのを描くのか、おれにもよくわかっちゃいないんだ。しっかり眠れていないからだと思うがね。

夢で見たんだ。

夢で？　バーナムは思わず訊きかえす。自分が生きている夢のなかに、店主の見ている夢が侵蝕してくるように感じる。意識の奥深いところで何かが軋む。地面の下で岩盤と岩盤が音もなくぶつかり合うように。

ああ、とフランク・フィンチは答える。このひどい暑さのせいだろうな。

でも、よく描けてましたよ。

あれがか？

はい。よく描けてました。

フランク・フィンチの顔色が変わる。おまえ、あれが何かわかるのか？

二人の視線が同時に、絵の放り捨てられたばかりのごみ箱に向けられる。

何も知らずにあれを描いたんですか。

どうだろうな。昔テレビで見て、名前を忘れちまった気がするんだが。

あの絵はアノマロカリスです。

何だって？

アノマロカリス。

フランク・フィンチはしばらく沈黙する。やがてうなずく。たしかにそういう名前だったかもしれんな。

カンブリア紀を生きたバージェス動物群の一種なんです。

そのアノマロ何とかは、今もいるのか。

いえ、アノマロカリスは絶滅しました。

そいつは空を飛んだりしたのか。つまり、トンボみたいに。

飛ばないですし、トンボみたいな昆虫でもないです。海のなかを泳いでました。アノマロカリス・カナデンシスの化石が、ミラード郡のマージャム層から発掘されたりもします。

あいつはユタ州にもいたってことか。

ミラード郡が海だったころですけど。アノマロカリスには、ギリシャ語で奇妙なエビっていう意味があります。

奇妙なエビ？　どうにも弱そうだな、エビってのは。

その逆です。カンブリア紀で最強の捕食者でした。三葉虫《トライロバイト》を襲って食べてたんです。

何を襲ったって？

三葉虫《トライロバイト》。

フランク・フィンチは黙って、バーナムを見つめる。無言で両手の指を組み合わせ、窓の外をじっと眺める。やがて口をひらく。おまえ、やけに詳しいな。高校で習うのか。

まあ、多少は。

二人の会話はそこで終わる。細い針金と細いゴムチューブとエポキシ樹脂系接着剤の代金をバーナムは現金で払い、品物を持って店を出る。

バーナムは歩きながら、調子に乗って話しすぎたことを後悔する。あの店主を相手に、ぼくはなぜあんなにしゃべったのか。だまって支払いを済ませればよかったのに。だけど――とバーナムは思う。ぼくが夢のなかに生きているのなら、現実のぼくが黙っていたところで、どうせ夢のなかのぼくが何もかも話してしまうだろう。それでも言葉で説明できるのはごくわずかだ。そして、たとえ夢のなかで包み隠さず真実が語られたとしても、ぼくらにはほんの一部しか理解できない。そういうものなんだ。だから気にする必要はないよ。

三ブロックの道を戻って家に着いたバーナムは、猛烈な眠気に襲われる。ベッドに倒れこみ、夜になって目覚めたときには、金物店の店主の顔をはっきりと思いだせなくなっている。

3

四十五口径の拳銃の弾丸に適切な火薬量よりも、わずかに多くなるように注意しながら、バーナムは秤《はかり》の目盛りを見つめて火薬を追加する。これから作るオリジナルの弾頭は、通常のものよりかなり軽いからだ。バーナムはありきたりな、鉛を銅で覆った弾頭でコール・アボットを撃とうとは思わない。その弾頭であれば、確実にコール・アボットを殺せるだろうし、火薬も適量なので射撃時に暴発する危険がない。だが、それでは自分自身も、この国につぎつぎと現われては消えるアクティブ・シューターの一人になってしまう。バーナムはそう考える。ぼくは目立とうとは思わない。犯行前にテレビ局に撮影した自分の動画のデータを送りつける気もない。言葉にできるようなメッセージはない。ただ、自分に与えられた役目を果たしたい。それだけ。結局はたんなるアクティブ・シューターとしてニュースに取り上げられ、〈救いようのない馬鹿な犯罪者リスト〉に名前を加えられ、世間に罵倒《ばとう》されるのだとしても。

ユタ州のミラード郡で採取した三葉虫の化石を持って、バーナムはガレージにおりていく。コンクリートの床にタオルを敷き、画用紙を重ね、化石を置く。母岩と一体化した小さなエルラシア・キンギイの化石。そこにバーナムは金槌《かなづち》を振りおろす。化石を叩く。母岩を砕く。何度も。何度も。バーナムは痛みを感じ、悲しみに襲われる。自分自身が拷問を受けている気がする。肉がつぶされ、骨が粉々にされるような。声にならない声で神経が叫ぶ。でもこれでいいんだ。バーナムは歯を食いしばる。一人の人間を殺すのなら、自分も傷つく必要がある。これは儀式。ぼくが人を撃つための。情け容赦なくトリガーを引くための。

ハンマーで砕いたのはほとんどが石灰石の母岩で、化石はわずかしかない。バーナムは破片をかき集め、父親の部屋に行く。そこでエポキシ樹脂系接着剤を使って破片を丹念に成形し、とりあえず二つの弾頭を作る。石灰岩は鉛を銅で覆った弾頭よりもはるかに軽い。この弾頭でコール・アボットを殺せるだろうか、という疑念については、バーナムはすでに答えを出している。至近距離なら可能だ、と。発射された弾頭の初速は亜音速に達する。そんな速さで石を撃ちこまれたら、人体はひとたまりもないはずだ。頭を撃てば相手は確実に死ぬ。ただし、あくまでも至近距離からでないと。遠くなればなるほど、軽い弾頭は空気抵抗で減速するから、威力をなくしてしまう。

トライロバレットという言葉の意味について考え抜いたあげく、バーナムが作りだした弾頭。バーナムは、カンブリア紀中期の三葉虫の化石と、それを包みこむ石灰岩を凝縮した小さな塊《かたまり》が、およそ五億年の時を経てコール・アボットの肉体に撃ちこまれる瞬間の**夢を見る**——ウィットロー高校の生徒たちの悲鳴、泣き声、頭のなかに聞こえる銃声、バーナムに訪れる夢の光景。みずからの指で拳銃のトリガーを引き、放たれた弾丸がコール・アボットの肉体に吸いこまれる。その様子をバーナムは眺めている。コール・アボットの頭に穴が空く。首に、胸に、腹に穴が空く。噴きだす鮮血。足もとに広がる血だまり。忌まわしきジョックのポケットから転がり落ちたジャガイモにも、すかさずバーナムは銃口を向ける。トリガーを引く。ジャガイモも撃たれれば血を流す。これでタキオは助かる。そう思い、バーナムは安堵する。少なくとも彼だけは無事に高校生活を終えられる。

目覚めているときにも、バーナムは**夢を見る**。自分の部屋で、父親の部屋で、ガレージで。**夢を見る**。父親が教えてくれたリロードの手順にしたがって、九月の新学期に高校で使用する弾丸を作りながら、**夢を見る**。一発の弾丸を構成する四つのパーツを机に並べて、**夢を見る**。標的へと発射される弾頭を研磨して、**夢を見る**。ハンマーに叩かれて発火する雷管《らいかん》をつまんで、**夢を見る**。弾頭の推進力を生みだす火薬の量を計って、**夢を見る**。真鍮《しんちゅう》製の薬莢《やっきょう》に火薬を詰めて、**夢を**――

切り取ったフッ素ゴムチューブの内側にアルミニウムの針金を通し、それらを数本束ねて太くして、先端にドリルの刃先を取りつけ、バーナムはオレノイデス・スペルブスの力強い二本の触角を表現する。束ねずに一本で使うチューブは、側葉と尾板を取り囲む棘の材料になる。ドリルの刃先は数が足りないので、棘の先端には何もつけない。

前面はオレノイデス・スペルブスの形で、背面はエルラシア・キンギイの形になっている。少なくともバーナムの目にはそう見える。

粘着テープを使って仮組みしたトライロバレットのスーツを、バーナムは自分の部屋で試着する。溶接用マスクと防弾ベストの上を覆い隠す三葉虫の外骨格に、じっさいに前後から挟まれてみる。盛り上がった頭鞍《グラベラ》はバーナムの顔の位置に来るが、頭部の先端はバーナムの頭上にまで達するので、スーツを着ると十センチメートルほど背が高くなる。三葉虫の中葉はバーナムのからだの中心線と重なり、尾板《ピジディウム》の先端はへそのラインより下に来る。

バーナムはドアまで歩こうとしてよろめき、ドアを開けようとしてもたつく。泥のなかに沈んでいるさなかのような不自由さ。廊下を歩いてみる。とにかく重い。金属プレート入りの防弾ベストの部分だけで十二キログラムもある。重いのは当然だ。全体の重さに加えて、ひどく動きにくい。カイデックスのプレートで覆われているせいで、自由に首を回すことができず、スーツの内側から眺める視界は暗い。溶接用マスクのゴーグルにいくつか穴を空けて光を取りこまなくては、とバーナムは思う。

この姿でかがむのも、のけぞるのもむずかしい。まして走ることなど不可能に思える。三葉虫の側葉を再現したパーツによって両腕の可動域も制限され、バーナムは、モノクロで撮影された古いＳＦ映画に出てくるぎこちないロボットを自分が演じているように感じる。圧倒的な無力、無能。

とてつもない役立たずのスーツが完成しつつある現実を、バーナムはおごそかに受けとめる。

だが、どれほど無力であっても、この姿でコール・アボットを撃ち殺さなくてはならない。トライロバレットのスーツを身にまとったバーナムは、ぎこちないロボットの動きで父親の部屋に入り、ぎこちないロボットの動きで椅子にすわる。薄暗い視界に入ってくる机の上のリボルバー。父親の大事にしていた古い拳銃を眺めるうちに、ひさしく感じなかった不安が胸に広がってくる。至近距離なら当てられると思ってたけど、こんなのろまな動きで、ぼくはコール・アボットに弾を命中させられるのか？射撃にかんしては、父親といっしょに射撃場でプレートを撃った経験が過去に何度かあるだけだ。鳥も鹿も撃ったことはない。夏休みはじきに終わるし、今さら練習する余裕もない。

銃口が標的に向いてさえいれば、弾は狙ったところに飛ぶ――バーナムは目を閉じて考える。実行の瞬間、銃口がコール・アボットに向いているという確信を、ぼくが得られる方法はないだろうか。

バーナムは役立たずのスーツを脱いで自分の部屋に戻り、棚の隅に置いた空き缶のなかをさがす。数十本のペンがそこに入っている。すぐにバーナムは、グレード10の自由研究の発表のときに使ったペンシル型のレーザーポインターを見つけだす。電池を入れ換えてから廊下に出て、向かいの壁を狙ってボタンを押す。距離およそ八メートル、赤く光る点がくっきりと壁に映る。バーナムのわずかな手の震えに合わせて小刻みに揺れている。

バーナムはパテと接着剤を使い、ペンシル型のレーザーポインターをキャバルリーに取りつける。プレゼン用のレーザーポインターが射撃用の簡易レーザーサイトに生まれ変わり、さすがにこの改造は父さんも怒るだろう、とバーナムは思いながら、安堵のため息をつく。不安が消えていく。歴史あるキャバルリーの外観は台無しになったが、これでコール・アボットに照準を定められる。うまくやれる。バーナムはうなずく。ぼくは周囲を恐怖に陥れながら銃殺をやり遂げる。それはわかっている。夢で見ているとおりだ。

夏休みが終わる前の五日間、バーナムはウィットロー高校に通う。スクールバスも休みなので、ガレージに放置されていた母親の自転車のパンクを修理して、それに乗ってペダルを漕《こ》いでいく。汗まみれになる。背負ったスクールバッグには分解したトライロバレットのスーツのパーツが入っている。全長六十センチメートル以上の手荷物は入口で警備員にチェックされるため、それを超えないように小分けにして高校に持ちこむのが、バーナムの目的だ。

図書室で自習します、と警備員に伝え、学生証を提示して校内に入り、ロッカーを開ける。扉は接着されていない。夏休みのあいだにコール・アボットの攻撃はない。すみやかにパーツをロッカーに隠したあとは、万が一にも不審を抱かれないように、図書室でしばらくすごす。もはや発表する予定のなくなったカフカの『変身』のレポートをそこで書き、まばらな生徒たちの姿をときおり眺める。

鋼鉄のプレートを取り外して丸めた防弾ベスト、その鋼鉄のプレート、タクティカル・ベストから取り外したカイデックスのプレート、針金入りのフッ素ゴムのチューブ、溶接用マスク、ゴム手袋やゴム長靴や古タイヤやマットの裏側の断片、それらのすべてを蟻《あり》が巣にこつこつと食料を運ぶように、バーナムは五日間かけて高校に輸送する。

拳銃だけは、実行の当日に持ちこむことに決める。キャバルリーのサイズは、銃口からグリップの端までふくめて三十センチメートルをほんの少し超える程度だが、それでも用心するに越したことはない。バーナムは石膏《せっこう》を材料に、三葉虫の化石のレプリカを作る。長さ四十センチメートル。大型の三葉虫として知られるイソテルス・レックスの甲殻をモデルにした石膏の内側を空洞にしておいて、そこに簡易レーザーサイト付きのキャバルリーを隠す。そして予備の弾丸。もし手荷物をチェックされたとしても、警備員は真っ白な化石のレプリカを目にするだけだ。何か尋ねられたら、自由課題の作品です、と答えればいい。そもそも六十センチメートルを超えないので、呼びとめられることもない。

4

新学期がはじまる九月の朝、高校最終学年のグレード12になったバーナムは、三葉虫の化石のレプリカを自分の部屋に残して家を出る。長い夏休みを終えて生徒たちが学校に戻ってくるこの日、通常の授業がおこなわれるが（日本の学校のような学期ごとの始業式や終業式はアメリカにはない）、生徒間のトラブルも何かと多いので、いくらか警備が厳しくなるのをバーナムは知っている。バーナムはこの日に銃撃計画を実行しようとは考えない。

黄色いスクールバスに乗り、座席で揺られるバーナムの目に、家を出るときにニアミスした母親の驚いた表情が浮かぶ。幽霊でも見たような顔だったな、とバーナムは心のなかでつぶやく。父親の葬儀にすら参列せず、ずっと部屋にこもっていた息子が、まさか新学期に自分の意思で登校するとは予想してなかっただろう。逆の立場だったら、ぼくだってそう思うよ。

学校に着くと、もうロッカーの扉は接着されている。コール・アボットの攻撃は早くも開始されている。何て律儀な悪意なんだろうか。バーナムは称賛の言葉すら相手に贈りたくなる。そして周囲を見まわして、タキオの姿をさがす。しかし彼はどこにもいない。

グレード12として授業を受ける最初の一日が終わり、下校の時間になる。廊下を歩くバーナムは、目にできる範囲で校内を観察し、建物の構造をあらためて頭に入れつつロッカーの前にやってくる。やはりタキオの姿はない。あれだけの長身だから、どこかを歩いていればわかるはずだけど、まったく目につかないってことは欠席したのか。バーナムは思案しながら、接着された扉をクラフトナイフでこじ開けようとして、そのさなかに背後からジャガイモを思い切りぶつけられる。後頭部に襲ってきた衝撃で、バーナムは前のめりになり、額をロッカーの扉に打ちつける。自分の額が鋼鉄とぶつかる音を聞く。いつのまにか人生に組みこまれた、タキオと共有する痛み。揺れる視界。めまい。バーナムはコール・アボットとリリアナ・ムーアの笑い声を耳にする。二人だけでなく別の生徒の笑い声もそこに交ざっている。いっしょになって笑う生徒の顔を認識しておくべきだろうか？　バーナムは考える。その生徒はタキオのこともあざ笑い、攻撃する人物なのだろうか？　でも、新たな生徒の顔を覚えたところで、撃てる弾丸の数が足りるとはかぎらない。そう思い、振りかえらずにロッカーの扉を開ける作業を続ける。

新学期の二日目も、タキオは登校してこない。バーナムはタキオに電話をかけるべきかどうか迷う。何度も携帯電話を取りだしては、ふたたびポケットに戻す。そのうちにバーナムは、銃撃計画を実行に移す前にタキオと話したがっている自分に気づく。バーナムは太い眉をひそめる。あきれたな。ここまで来て、まだぼくはためらっている。だけどタキオに電話したところで、いったい何を話せばいい？　言葉では説明できないことばかりだ。どうした、学校に来いよ——とでも言うつもりか？　彼がどんな理由で休んでいるにせよ、学校にいないほうがかえって好都合じゃないか。ぼくがコール・アボットを狙って撃った流れ弾がタキオに当たる可能性は、おかげでゼロになるんだから。そうだ、タキオ・グリーン。このまま休んでいてくれ。学校に来るな。

誰とも言葉を交わさずに一日を終えて、スクールバスに乗って帰宅し、バーナムは部屋の窓から九月の夕方の景色を眺める。

道路に落ちた建物の長い影。路上駐車された車の影。消火栓の影。動くもののない静かな通りを目にするバーナムは、猛暑の夏をくぐり抜けた町が、人知れず燃え尽きて灰になってしまったように感じる。

バーナムは椅子から立ち上がり、夏休みのあいだに買った新聞を棚から取り上げ、また椅子にすわる。机の上でその新聞をゆっくりとひらく。灰色の紙面に印刷された、リーハイで起きたリチウムイオン電池製造工場火災の続報。バーナムは記事を読む。

保管されていた電池の内部短絡による発火が原因と思われ——

バーナムは机の向かいの窓ガラスに視線を移す。窓ガラスは新品に交換されておりず、いまだに亀裂が入っている。バーナムは亀裂をじっと見つめる。そこにリチウムイオン電池製造工場を呑みこんだ赤い火の輝きを見る。父親の命を奪ったその火は音もなく広がり、いつのまにかこの世界全体を呑みこんでいる。父親と同僚たちの犠牲は結局のところ無駄になり、誰も気づかないうちに人類は絶滅への道をたどっている。バーナムは、これから滅びる世界を思い浮かべる。すでに滅んでいる世界を思い浮かべる。これから燃え尽きる世界を思い浮かべ、すでに燃え尽きて滅んでいる世界を思い浮かべる。世界を滅ぼす火が目に見える火だとはかぎらないし、目に見える火だけが火だとはかぎらない。日除けを引きさげて窓を覆いながらバーナムは、今日は疲れたな、とつぶやく。そして明日の実行にそなえて、早めにシャワーを浴びて眠ることにする。

その日もバーナムはタキオの姿を見かけないが、校舎の三階の廊下を歩くコール・アボットの姿はすぐに見つけられる。基本的に高校のなかであればジョックはどこにいても目立つ。コール・アボットの背中をバーナムは遠くから追いかける。しだいに頭痛がしてくる。聴覚が鋭くなってくるのがわかる。かなり離れた場所で口にされるコール・アボットの言葉が、ときおり明瞭に聞こえてくる。そのせいでバーナムは、自分の呼吸の音も相手に聞かれているような気分になり、できるだけ息をひそめて尾行に集中する。

コール・アボットは大股で進み、階段をおりていく。階段をのぼってきた三人の男子生徒がコール・アボットに声をかける。彼らはコール・アボットと順番にハイタッチし、つぎに拳《こぶし》を突き合わせる。壁の陰からバーナムはその様子を見守り、さらに追跡を続ける。先に階段をおりていったコール・アボットの背中を一瞬だけ見失うが、声だけは聞こえてくる。

ヘイ、リリー。

その呼びかた、やめて。

バーナムが階段をおりて廊下に顔を出すと、コール・アボットとリリアナ・ムーアがキスを交わしている姿が目に入る。教師が通りかかる。二人は笑ってからだを離す。コール・アボットと別れたリリアナ・ムーアは、バーナムのいるほうへ歩いてくる。

バーナムは校内で貸与されるタブレット端末で調べものをするふりをして、顔を見られないようにしながら、近くにある教室に入って身を隠す。そうやってリリアナ・ムーアをやりすごし、廊下に顔を出して、コール・アボットがトイレに入っていくうしろ姿を確認する。

標的がトイレから出てくるのをバーナムは待つ。待ちながら、これが自分の目にする最後の光景なのか、と考える。ウィットロー高校一階の眺め。トイレの前の廊下。今日、コール・アボットを射殺したあと、自分がどうするのかをバーナムはまだ決めていない。おそらく頭を撃ち抜いて自殺するだろうとは思っている。それ以外にどういう道があるのか、まったく想像できない。バーナムは自分に言い聞かせる。世界はもう滅びてるのに、最後の光景なんかを気にしてもしかたない。とにかく今はやるべきことに集中しろ。

トイレから出てきたコール・アボットは、相変わらずの大股で廊下を歩き、すれちがった一人の女子生徒を呼びとめる。ジェナ、きみの親父さんが農場で収穫したジャガイモを、また俺の家に送ってくれよな。

女子生徒は怯《おび》えた様子で、コール・アボットから目を逸らして答える。食べてもらえたなら、それはよかったけど。

彼女の言葉を聞いたコール・アボットは、憐れむような笑みを浮かべる。悪いけど、味はわからない。おれ、一つも食ってないから。

知ってる。

へえ。どこで聞いた？

家族の誰も食べてないんでしょ。彼女はうつむいて言う。でも、お父さんが勝手に送ってるだけだから。ジャガイモが捨てられたって、私には関係ない。

おいおい、怒ってるのか？　コール・アボットは真顔になり、その場を去りかけた彼女の正面に立ちはだかる。いいか、ジェナ。よく聞いてくれ。ここだけの秘密だ。きみの農場からジャガイモが送られてくると、おれのじいさんが選挙に勝つっていう法則がうちにはある。昔からだ。それはな、おれがジャガイモをスライスして油で揚げたりするよりも、はるかに重要だ。

女子生徒は何も答えない。

コール・アボットは彼女の肩を軽く叩いて笑う。また頼むよ。オハイオ産のジャガイモじゃだめなんだ。ユタの農家が作ったジャガイモでないと。

ひたすら困惑している女子生徒の前で、コール・アボットは肩をすくめてみせてから、きびすを返し、大股で歩きだす。そして1－Eの教室に入る。

1－E。バーナムはタブレット端末のタッチパネルを操作し、その教室でおこなわれるつぎの授業を調べる。〈マーケティング〉の文字が表示される。ビジネス・エデュケーションの科目の一つ。

必要な情報を得たバーナムは走って二階のロッカーに行く。接着面を切っておいたロッカーの扉をすばやくひらき、必要な荷物を取りだし、それらを詰めたスクールバッグを抱えて一階に戻り、頭を低くして1‐Eの教室の前を通りすぎ、さっきまでコール・アボットがいたトイレに行って個室に駆けこみ、急いでドアに鍵をかける。

少しずつトイレから人の気配が消え、やがて完全に静まりかえる。個室に潜伏するバーナムは便器のふたを上げて便座にすわり、トライロバレットのスーツを組み立てはじめる。ほとんどのパーツはネジやクリップで固定できるようになっている。瞬間接着剤を使うのは触角や棘といった一部にすぎない。バーナムは腕時計の針を見ながら作業を進める。

大丈夫か？

突然ドアの外側から聞こえてきた男の声に驚き、バーナムは動かしていた手をとめる。バーナムは黙ってドアを見つめる。警備員か、とバーナムは思う。それとも偶然に教師がトイレに入ってきたのか。バーナムは床に置いたイソテルス・レックスの化石のレプリカに目を向ける。密封したその石膏のなかに、父親の持っていた古い拳銃がまだ隠されている。

大丈夫です。ドアを閉ざしたまま、バーナムはかすれた声で返事をする。あの――

先生なんですか？

私は警備員だ。具合が悪いのか？　一人で動けるか？

動けます。急にお腹が痛くなっただけだから。ちょっと休んだら教室に行きます。

ドアの外側の沈黙。バーナムは耳を澄ます。

大変申し訳ないが、と警備員は言う。きみの名前を教えてくれないか。学校の規則なんだ。

バーナムは名乗るのをためらうが、ここで疑われてはまずいと思い直し、ごまかさずに答える。グレード12のクロネッカーです。バーナム・クロネッカー。

きみがこれから戻る科目は？

数学の幾何《ジオメトリー》です。

教室は？

3－Gだと思います。

ふたたび沈黙。業務用の携帯電話から高校のデータベースにアクセスしている警備員の姿をバーナムは思い浮かべる。

オーケー、クロネッカー。警備員が言う。大丈夫なんだな？　何かあったら緊急用のブザーを鳴らしてくれ。

はい。わかりました。

バーナムはふたたび耳を澄ます。足音が遠ざかり、トイレに静けさが戻ってくる。バーナムは長いため息をつく。胸のなかで心臓が激しく波打ち、掌に多量の汗をかいている。それまでどうにか保っていた冷静さが、汗といっしょに失われていく気がして、不安と緊張に押しつぶされそうになる。何もかも失敗するんじゃないか。バーナムは目を閉じ、すばやく首を左右に振る。ここまで来たんだ、とつぶやいて自分を励ます。とにかくここでトライロバレットのスーツを組み立てなくてはならない。バーナムは深呼吸をして作業に取りかかり、最低限の工具を使ってパーツを各部に固定する。

側葉に並ぶ棘を一本ずつ接着するうちに、自然と汗が引いていく。細かい作業に没頭したおかげで動悸もおだやかになり、バーナムはいつのまにか冷静さを取り戻している。

完成したスーツを個室の仕切り壁に立てかけたバーナムは、イソテルス・レックスの化石のレプリカを両手で抱えて便座から立ち上がる。そして両手を同時に放す。石膏が床に落ちて割れる。真っ白な破片が四散し、古いリボルバーが現われる。コルト・シングル・アクション・アーミー。簡易レーザーサイトを搭載したキャバルリー。紙で包んだ弾丸も石膏のなかから出てくる。

バーナムはキャバルリーのハンマーをそっと起こし、ハーフコックの位置でとめ、ローディング・ゲートをひらく。人差し指と親指で弾丸をつまみ上げ、石灰岩と化石でできた弾頭に息を吹きかける。

シリンダーに最初の弾丸を詰めたとき、発砲音のような音が鳴った気がして、バーナムは聞き耳を立てる。校舎の正門のほうで、つづけざまに数発。銃声だとしか思えない乾いた響き。ガラスの割れる音。また銃声。

バーナムは混乱する。未来の自分が取っている行動を、トイレの個室にとどまって経験しているような錯覚に陥る。ぼくは本物の銃声を聞いたのか？　ぼくは本当にここにいるのか？　バーナムは左手に持ったキャバルリーを見つめ、個室の仕切り壁に立てかけたトライロバレットのスーツを見つめる。もしかして、とっくにコール・アボットを殺してしまって、自分の命を絶っているんじゃないだろうな。つまり、ここは死後の世界で――

バーナムが自分自身を疑いはじめたとき、校内放送が流れだす。天井のスピーカーが発する声は、トイレのなかにも響いてくる。

ロック・ダウン。ロック・ダウン。緊急事態が発生しました。すみやかに隠れて身の安全を確保してください。または担当者の指示にしたがって、落ち着いて避難してください――

訓練という言葉が一度も使われなかったアナウンスをバーナムは聞く。何がどうなっているのかわからない。混乱しながら、トライロバレットの重いスーツを身にまとい、キャバルリーを手に個室のドアを静かにひらく。最初に銃口を外に突きだして、そのあとに自分も出る。

誰もいないトイレを眺め、ぎこちない歩きで、洗面台の鏡の前に行く。オレノイデス・スペルブスの衣裳で上半身を覆われた人物が鏡に映っている。よくできた三葉虫の造形。片手に持った古いリボルバー。その拳銃は鏡映反転して、本来の自分とは逆側の手ににぎられている。バーナムは苦労して顎《あご》を引き、視線を下に向ける。自分が自分の足で立っているかどうかを確認するように。安物のスキニージーンズが見えて、白いスニーカーが見える。

校内放送のアナウンスがむなしく繰りかえす。

現在、当校は封鎖されました。ロック・ダウン――

六発の弾丸を込めたキャバルリーのグリップを、バーナムは強くにぎりしめる。1-Eの教室はすぐ近くなのに、と思う。そこにコール・アボットがいるのに。トライロバレット、きみはここで何をやっているんだ。

5

自分を戦場に連れていった原因こそが**敵**であり、それは過去に自分がたどってきた道の途上に**潜伏**しており、その**拠点**を叩く以上に有効な作戦はない。フランク・フィンチは目覚めた瞬間に、はっきりとそう確信する。

――おれはウェストポイントで学び、軍事訓練を受けるよりもずっと前までさかのぼる必要があった。人生の選択の分岐点へ。自分の将来をぼんやりと考えながら、やがて進路を決めるに至り、校長室に呼びだされ、笑みを浮かべる校長先生に、がんばりなさい、と言われて背中を叩かれ、背すじを伸ばしたあの場所へ。

諸悪の根源をついに見つけたフランク・フィンチは、護身用のショットガンを抱えて、自信に満ちた表情で金物店の床から起き上がる。ひさしく感じなかったすがすがしさ。彼は自分の名を呼ぶ。フランク・フィンチ。フランク・フィンチ陸軍少尉。

彼は金物店を出て裏庭を歩き、自宅に戻りながら声に出して言う。フランク・フィンチの見つけた結論は、昨日今日に出した結論じゃない。彼はドアの鍵を開けながら言う。いいか、フランク・フィンチはずっとメッセージを受け取ってきた。誰もいないリビングに立って彼は言う。そこが諸悪の根源だとフランク・フィンチが突きとめたウィットロー高校は、毎晩ブラックホークを飛ばしてフランク・フィンチを挑発してきた。昨日の夜中もそうだった。誰もすわっていないソファに向かって彼は言う。これは単純な話だったんだ。フランク・フィンチ少尉、きみはもっと早くに行動すべきだった。悪夢の生まれてくる敵の拠点を強襲するべきだったんだよ。だから――

もっとがんばりなさい。

フランク・フィンチはエアコンの壊れた自宅でシャワーを浴びる。強襲作戦の前のシャワー。つぎはいつ浴びられるかわからない。バスタオルで髪を拭きながら、強襲作戦用の装備はショットガンだけではとても足りないだろうと考える。

バスタオルを腰に巻いただけの半裸で部屋を歩きまわって、ライフルと拳銃の弾丸を残らずかき集める。それらをキッチンのテーブルの上に並べてから、フランク・フィンチはライフルと拳銃のメンテナンスに取りかかる。

ダーク・ブラウンの作業服を着て、黒のワークブーツを履き、ピックアップトラックに乗ったフランク・フィンチはウィットロー高校をめざす。ラジオをつけて運転し、流れてくる交響曲を聴く。オスカー・パーシングの顔が浮かんでくる。自分の頭を撃ち抜いてこの世を去った部下の一人。戦争後遺症の犠牲者。帰国後にみずから死を選んだ部下は、まだたくさんいる。フランク・フィンチは彼らの顔を思いだそうとする。クラシックの曲を聴き、ハンドルを切る。信号待ち。ふたたび走りだす。つぎの交響曲がかかる。いつまでたっても、オスカー・パーシング以外の顔が出てこない。

正午をすぎたころに、ウィットロー高校の正門前にピックアップトラックをとめ、クラクションを二度鳴らす。運転席側の窓をさげながら、警備員が近づいてくるのをフランク・フィンチは眺める。ボザール様式の校舎を見上げ、それから頭上の空を仰ぎ見る。雲はない。九月の太陽は暦の存在を忘れてしまったように、猛暑だった真夏日と変わらない様子で燃えさかっている。

何かご用ですか。警備員がそう尋ねてきて、ピックアップトラックのなかをのぞきこんでくる。

フランク・フィンチは警備員の胸にグロック19の銃口を向け、すばやく二発撃つ。間を置かずに額も撃つ。声を上げる暇もなく警備員がくずおれると、フランク・フィンチはゆったりとドアをひらいて、ピックアップトラックをおりる。腰のベルトに装着したカイデックス製のホルスターにグロックを収め、助手席に置いたショットガンとセミオートライフルを取りだす。護身用に選んでいるウィンチェスターM1897。しばらく撃っていなかったルガーSFAR（スモール・フレーム・オートローディング・ライフルの略）。その両方をストラップで肩に掛ける。ルガーの人気商品である銃身十六・一インチ（約四十一センチメートル）のセミオートライフルには最初から照準がついていないので、フランク・フィンチは狩猟用のドット・サイトをタクティカル・レールに取りつけている。グロックの拳銃も、ウィンチェスターのショットガンも、ルガーのセミオートライフルも、すべてユタ州で合法的にフランク・フィンチが購入したものだ。弾丸もふくめて違法性はどこにもない。

フランク・フィンチは両膝を曲げて腰を落とし、死んだ警備員の顔を見る。以前に会話をした相手のように思えるが、確信は持てない。しゃがんでいると、日射しにさらされるアスファルトから熱気が立ちのぼってくるのを感じる。

フランク・フィンチは立ち上がり、散歩をするような気負いのない足どりで、駐車場へ向かって歩きだす。常駐するキャンパス・ポリスのパトカーをすぐに見つけ、車内でコーヒーを飲んでいる警官が自分の存在に気づき、あわてておりてくる姿を狙って、ルガーSFARのトリガーを引く。前かがみになって小走りに進み、ひと呼吸のうちに連続して六発撃つ。飛びだした弾は警官の顔を撃ち抜き、喉を撃ち抜き、胸を撃ち抜く。

フランク・フィンチはストラップで肩に掛けたルガーSFARから手を放し、血まみれで転がった二人の死体に歩み寄って、一人の持っていた銃を取り上げ、自分の作業服のズボンのウエストのあいだに押しこむ。目を開けたまま死んでいる二人に、フランク・フィンチは声をかける。もっとがんばりなさい。

フランク・フィンチは校舎に入り、一階の廊下で出くわした新たな警備員を撃ち殺したのち、授業中の教室を窓越しにのぞいて、ショットガンの銃口を叩きつけて窓ガラスを破砕する。それから悲鳴の渦のなかに散弾を撃ちこむ。ショットガンの弾倉が空になり、フランク・フィンチは作業服の胸ポケットから予備のショットシェルを取りだして装塡する。

階段をのぼり、カフェテリアに足を踏み入れる。自分が生徒だったころとは見ちがえるほどきれいになった内装に感心しつつ、テーブルで食事をしている教師だか管理人だかわからない連中を、ルガーSFARで片づける。死体を踏みこえて歩き、皿の上のフレンチフライをつまんで食べ、調理場に行って若い男のスタッフに質問する。

ちょっと訊きたいんだが。おれは卒業生なんだ。校長室の場所は、昔と変わらないのか？

校長室ですか。ショットガンの銃口を向けられたスタッフは両手を上げ、震える声で訊きかえす。

校長室だ。今でも二階にあるのか。

わかりません。私はここで働いているだけで、校長室に行ったことがないので。

知らないんだったら、もういい。眠気覚ましにコーヒーをくれ。

はい？

ペーパーカップに熱いコーヒーを注いでくれって言ったんだよ。

コーヒーなら、向こうに職員専用のドリンクカウンターがあります。飲みたい人が自分で注ぐようになってます。

どこにあるんだ。

あっちです。スタッフは目線で位置を教える。

ビールサーバーもあるのか。

訊かれたスタッフはフランク・フィンチの顔を見つめ、血の気の引いた顔で首を横に振る。

フランク・フィンチは微笑み、ショットガンの銃口を持ち上げてスタッフの頭に狙いを定め、トリガーを引く。

十二ゲージの散弾を至近距離で撃ちこまれ、頭部が半分以下になった死体を見おろして、フランク・フィンチは話しかける。知ってるか。このショットガンを設計したジョン・ブローニングはユタ州の生まれなんだ。こういう知識は頭に入れておいて損はない。おまえの頭を吹き飛ばす前に、教えてやればよかったな。

フランク・フィンチは調理場の物陰で動く人影を見つけ、銃をショットガンからルガーSFARに持ち替えて撃つ。もう一人。さらに一人。射撃の合間にフレンチフライを食べる。カンダハールでもこれくらいリラックスして戦えればよかったのにとつぶやき、職員専用のドリンクカウンターに行って、ペーパーカップにコーヒーを注ぎ、校内放送のアナウンスを聞く。

ロック・ダウン。ロック・ダウン。緊急事態が発生しました。すみやかに隠れて身の安全を確保してください――

コーヒーを飲みほして空になったペーパーカップを投げ捨て、フランク・フィンチは二階の廊下を歩く。やがて校長室と書かれたプレートの前にやってくる。ドアを開けようとするが、びくともしない。おそらく内側から施錠されていると思い、フランク・フィンチはかつての部下の名を呼ぶ。スティーヴン・エレフソンはどこだ？　リチャード・ウォーラムはいないのか？

カンダハールの市街地戦闘で、屋内の閉ざされたドアの突破を担当していた二人の兵士。だが、いくら呼んでも返事がない。そうだったな、とフランク・フィンチは言う。ここじゃ、何でも自分でやらなきゃならない。わかったよ。おまえらのぶんも働くよ。まったく、ヒーローはおれ一人ってことか。

フランク・フィンチはショットガンの銃口を校長室のドアノブに斜めに押し当て、トリガーを引く。ドアノブを壊してドアを蹴破ると、拳銃を構えている女の姿が目に飛びこんでくる。弾が耳もとをかすめる音。戦場で聞く小鳥のさえずり。フランク・フィンチは腹這いになり、その姿勢でもっともすばやく手にできるグロックをカイデックス製のホルスターから抜いて、校長室に突入する。トリガーを何度も引く。マホガニーの机に置かれたマグカップや花瓶が割れ、机の横のスタンドライトの電球が弾ける。

女が撃ち、フランク・フィンチが撃ちかえす。

女が背後の窓ガラスに力なく寄りかかる様子を見ても、フランク・フィンチは構わずに撃ちつづける。グロックを連射する。やがて女は自身の銃創から流れる血を窓ガラスの表面にこすりつけ、赤黒い滝の模様を残して床にへたりこむ。まばたきをしなくなった目を開けて、動かなくなる。

弾倉が空になり、薬室にも残弾がなくなり、予備の弾丸も尽きたグロックを、フランク・フィンチは校長室のマホガニーの机に置く。警官から奪ってズボンのウェストに挟んでいた拳銃を取りだして、カイデックス製のホルスターに収めようとする。使う弾丸は同じ九ミリのはずだが、拳銃のサイズが合わない。フランク・フィンチは手にした拳銃をしみじみと眺める。ポリマーフレームのベレッタ。フランク・フィンチは笑いだす。グロック19用に成形されたホルスターが、別の拳銃に合わないのは当然だ。少尉、おまえは何をやっているのか。

ベルトに付けたホルスターを外して床に放り、ポリマーフレームのベレッタをズボンのウェストに挟み、フランク・フィンチは死体に歩み寄る。からだをかがめて顔を近づけ、この女が今の校長なんだろうかと考える。校長室に一人でいたんだから、たぶん校長なんだろう。だとしたら、ブラックホークの件を訊きたかった。深夜にヘリコプターをしつこく飛ばしていた理由を。あんたがいきなり撃ってきたから、話をする余裕もなかったよ。それだけ秘密を抱えていたってことだな。おれにたいして。すべての合衆国陸軍兵士にたいして。あんたはおれに説明する義務があった。あんたこそ、もっとがんばりなさい。

フランク・フィンチは、死体の肩を叩いて立ち上がり、あらためて校長室を眺め、窓の端でまとめられた緋色《スカーレット》のカーテンといっしょになって吊りさげられている星条旗に目をとめる。まるで大統領執務室みたいじゃないか、とフランク・フィンチは言う。いいぞ。これでこそアメリカだ。

校長室にあった星条旗をマントのように羽織って、フランク・フィンチは廊下に出る。上に行くか、下に戻るかを考え、そろそろ警察署から警官が来るはずだと思い、ふたたび一階におりる。そして予想したとおりに、通報を受けていちはやく校内に突入してきた四人の警官と遭遇し、短時間だが激しい銃撃戦を繰り広げる。四対一。まず一人を撃ち倒したところで、ルガーSFARの弾倉をすばやく交換する。倒れた仲間を助けようとした警官の頭を撃ち抜き、残る二人にも傷を負わせる。

警官が一時退却すると、みずからもかなり体力を消耗したフランク・フィンチは、背中に羽織った星条旗をタオルのように使って額の汗をぬぐい、作業服のポケットから煙草を取りだす。静かになった廊下を歩き、身を隠して一服するための教室をさがす。

火のついていない煙草をくわえて廊下を歩く途中で、フランク・フィンチは無謀にも教室を出てきた生徒の集団を見つける。全員が男子生徒で、全員が白人。先頭の一人が廊下の窓から逃げだそうとしている。フランク・フィンチはあきれて叫ぶ。何てまぬけなんだ。もっとがんばりなさい。

それからフランク・フィンチは、見えない相手と社交ダンスでも踊るように左手を頭上に掲げ、右手を軽く前に突きだして、その場で軽快にターンしてみせる。

生徒たちは、ショットガンとライフルを肩に提げ、星条旗のマントを翻《ひるがえ》して踊るアクティブ・シューターの姿を目にして凍りつく。泣きだす者。声すら出ない者。

警官たちとの銃撃戦を終えたばかりのフランク・フィンチは、ルガーSFARとウインチェスターM1897の射撃時の反動をコントロールするのに疲れて、軽量のポリマーフレームのベレッタを手にする。そして生徒たちに銃口を向けトリガーを引く。適当に撃った初弾は空《くう》を切って飛んでいき、二発目は廊下の窓枠にしがみついていた生徒のどこかに当たり、生徒は仰向けに転落して悲鳴を上げる。撃たれた。撃たれた。嫌だ。助けて。

駄々をこねる幼児のように泣きわめく男子生徒の声が、フランク・フィンチの神経を逆撫でする。フランク・フィンチは大声で言う。戦場で仲間を危険にさらすのはいつだって、おまえらみたいなお子様連中なんだよ。さっきの言葉は撤回だ。おまえらはがんばらなくていい。まちがってもおれの小隊に入ってきたりしないように、ここで殺してやる。

フランク・フィンチは廊下に立ちすくんでいる生徒のうち、こちらが要求もしないのにホールド・アップの姿勢を取っている生徒の頭に狙いを定めて撃つ。

二発目で生徒がくずおれるのを見届け、手榴弾があれば便利だったなと思いながら、フランク・フィンチは愛用のジッポーで煙草に火をつける。深々と肺に吸いこんだ煙を吐きだし、その煙が霧散するまで眺める。本物の兵士の吐く煙。今もどこかの戦場でたなびいている一本の煙草の白い煙。その煙のなかに、赤い光の線がちらついている。

これはレーザーの光か？　眉をひそめて光源をさがしたフランク・フィンチは、廊下の先に立っている異様な影を目にして、二度まばたきをする。それから、自分の右肩に照射されている赤い光の点に気づく。

6

トイレの洗面台の鏡の前で、トライロバレットのスーツを着て立っているバーナムは、吐き気を催すような不気味な声が廊下に響くのを耳にする。

何てまぬけなんだ。もっとがんばりなさい。

その声は廊下のやや遠いところから聞こえたようにも思えるし、もっと近くで聞こえたようにも思える。不快なのに、妙に気にかかる。どこかで聞いた声。謎めいた声に引きずられるようにして、バーナムは洗面台の鏡の前を離れ、のろのろと歩きだす。

バーナムが廊下へ足を踏みだしたとき、二発の乾いた銃声が続けざまに響き、バーナムは思わず首をすくめるが、スーツのせいでわずかな動作だけにかぎられる。薄暗い視界のなかで目を凝らす。八メートルほど先にある1‐Eの教室前で、一人の生徒が廊下に倒れている。彼のそばに五人の生徒が立っている。倒れている生徒の横顔を見て、バーナムは愕然とする。コール・アボット。どういうことなのか。すでにコール・アボットは撃たれている。バーナムは仰向けになったコール・アボットを見つめる。コール・アボットは両膝を曲げ、腰のあたりを右手で押さえている。コール・アボットはかなり出血しているが、死んではいない。コール・アボットは苦しそうに泣いている。コール・アボットの目から涙がこぼれている。

そばにいる五人の男子生徒は、コール・アボットを助けようともせず、彫像になったように身動きしない。一人だけ両手を上げて、無抵抗の意思表示をしている。彼らはバーナムのいる位置とは反対側の廊下の先を向いている。彼らの見ている方向に、バーナムは視線を合わせる。

ダーク・ブラウンの作業服を着た男が、ショットガンとライフルを肩にぶらさげて立っている。バーナムはその男の顔を見る。見覚えのある顔つき。他人の空似《そらに》かと思い、他人の空似じゃないと思い直す。そんなはずはないと思い、やっぱりそうだと思い直す。バーナムはあっけに取られる。フィンチ金物店の店主が、なぜかこの高校にいる。困惑するバーナムの耳に、コール・アボットの泣きわめく声が聞こえてくる。

撃たれた。撃たれた。嫌だ。助けて。

予期しなかった事態の連続に、バーナムは、自分一人が現実から取り残された気分になる。じっさい、誰からも関心を持たれていない。トイレを出てきた自分に驚いている者は一人もいない。

怒りに満ちた金物店の主人の不気味な声が、廊下にこだまする。

戦場で仲間を危険にさらすのはいつだって、おまえらみたいなお子様連中なんだ

よ。さっきの言葉は撤回だ。おまえらはがんばらなくていい。まちがってもおれの小隊に入ってきたりしないように、ここで殺してやる。

——誰も自分を見ていないとすれば、自分は本当にここにいるのだろうか。〔註2〕

ふと、頭にそんな言葉が浮かんできて、バーナムはぼんやりと考えだす。どこかで読んだフレーズだけど、どこで読んだっけ。たしか、いつかの夏休みに書いた小説のレポートに引用したんじゃなかったかな。バーナムは記憶をたどり、ようやく出典にたどり着く。そうだ、グレード9（日本の中学三年生に相当）の夏休みにレポートを作成した、ピンチョンの長編小説だ。——誰も自分を見ていないとすれば、自分は本当にここにいるのだろうか。トマス・ピンチョンの『V.』の作中に書いてあったんだ。あんな大作を読んでレポートにまとめるだなんて、われながらよくやったよ。

新たな二発の銃声をバーナムは聞く。二発目の直後、両手を真上に上げている男子生徒の頭が揺れ、だらしなく両手がさがり、全身から力が抜ける。彼はうつ伏せに倒れて廊下にキスをし、血だまりに顔を埋《うず》めたまま動かなくなる。周囲に立っていた生徒はしゃがみこみ、頭を抱えて、文字どおり現実から目を背ける。

まるで糸が切れた人形みたいだったな、とバーナムは思う。そしてこう考える。だけど、どうしてそう思うんだろう。糸が切れたときの人形を自分の目で見たことがないのに。あやつり人形の劇だって観たことないし。

バーナムの頭のなかを、いくつもの言葉がよぎっていく。金物店の主人が生徒を撃った、コール・アボットを撃った、ロック・ダウン、すみやかに避難してください、ロック・ダウン、金物店の主人が生徒を撃った、走る《ラン》、隠れる《ハイド》、戦う《ファイト》――

この高校をロック・ダウンの状況に追いこんだのは、まちがいなくフィンチ金物店の店主だ。バーナムはとりとめのない言葉の連鎖を断ち切って、結論を出す。ほかに考えられないだろ。あのおじさんはたった今、この廊下で人を撃ち殺したんだから。ようするに、ロック・ダウンの原因になったアクティブ・シューターは、ぼくじゃなくて、フィンチ金物店の店主ってことだ。少なくとも今の時点では。これは何なんだ。こんなことってあるのか。

目の前で起きているできごとが、バーナムには何一つ理解できない。バーナムは思う。振りかえってみれば、いつだって自分は置き去りにされる側の人間だった。死んだ父親にも置き去りにされ、今日はロック・ダウンからも置き去りにされた。

バーナムはキャバルリーのハンマーを起こす。取りつけたレーザーポインターのスイッチを入れ、目の前の空間に赤い光線を放ち、壁に映った赤い点を移動させて、コール・アボットの頭に狙いをつける。赤い点がかすかに揺れ動くのを見つめる。

誰もぼくを見ていないのなら、ぼくはここにいない。だったら、見られる必要はないんだ。だってぼくは、ここにいたくないんだから。そう思いながら、バーナムはキャバルリーのトリガーに指をかける。フィンチ金物店の店主が何をしようと関係ない。ロック・ダウンもアクティブ・シューターも知ったことか。ぼくは自分のやるべきことをやる。このトリガーを引けば全部終わる。

仰向けになって腰から血を流すコール・アボットが、懸命にからだをよじり、腹這いの体勢になるまでの様子をバーナムは見つめる。コール・アボットは廊下の隅をめざして、じりじりと這っていく。本当に馬鹿だな。バーナムはため息をつき、心のなかでつぶやく。どうせきみは、先生の指示を無視して飛びだしてきたんだろ。きみの脱出計画に乗った生徒たちも気の毒だ。まばゆいジョックに声をかけられて、断れなかったんだな。でなければ、脱出は成功すると信じたのか。その結果がこれだ。コール・アボット、なぜきみは、自分が常に選ばれた側の人間だと思うんだ？　それはどんな気分なんだ？　こうやって銃口を向けられているときも、自分こそ選ばれし強者《きょうしゃ》だと思ってるのか？

涙で頬を濡らしたコール・アボットが、恐怖に顔を引きつらせて、いつのまにか自分を見上げているのにバーナムは気づく。バーナムはコール・アボットの震える声を聞く。

お願いです。どうか撃たないで。

学年の頂点に立つジョックが懇願する声を聞き、バーナムはしばらく待ってみる。自分の気持ちに、少しでも変化が現われるかどうかをたしかめる。しかし、気持ちはまったく変わらない。バーナムは思う。今日を生き延びて明日になれば、彼はぼくのロッカーの扉に接着剤を塗り、ジャガイモを投げつけるだろう。そしてタキオに実銃を突きつけるだろう。ぼくにはわかる。

命乞いが通じなかったのも露知らず、コール・アボットは這っていく。バーナムに見おろされ、必死に逃げようとしている。

コール・アボットが廊下を這ったあとに残る血が、バーナムの目にとまる。モップでペンキをこすりつけたような赤黒い痕跡に思いがけず心を揺さぶられ、バーナムはトリガーを引くのをためらう。血の跡は何かに似ている。その何かをバーナムは思いだす。三葉虫が這った痕跡。生痕化石《クルジアナ》。

バーナムの薄暗い視界のなかで、コール・アボットは三葉虫に姿を変える。種名も属名もない三葉虫に。炭酸カルシウムの甲殻を打ち砕かれ、体液を流し、死の手前で懸命にもがく一匹の節足動物に。どこまでも弱く、敵を前にして満足に逃げだすことすら叶わない生き物。やめてくれ、とバーナムは思う。きみを殺してやりたいが、きみが三葉虫だったのなら、ぼくには撃てない。やめろ。もとの姿に戻れ。

何なんだおまえは？

フィンチ金物店の店主の発した不気味な声が、バーナムの視線をコール・アボットから引きはがす。バーナムは、ロック・ダウンを引き起こした張本人を見る。向こうもこちらをじっと見ている。金物店の店主の上半身を、ぼんやりした青白い影が覆っている。不思議に思って、バーナムは目を凝らす。その影はしだいに、今にも襲いかかってきそうな捕食者に見えてくる。カンブリア紀に最強を誇った、あの名高い捕食者の姿に。

バーナムはかすれた声で言う。何なんだおまえは？

バーナムは標的を変更する。キャバルリーの銃口を持ち上げ、フィンチ金物店の店主を、というよりも店主のからだを覆っているアノマロカリス・カナデンシスを狙う。無機質な丸い右目に照射した赤い点を、頭部の真ん中に向かってずらして、キャバルリーのトリガーを引く。一発。親指でハンマーを起こしシリンダーを一発ぶんだけ回転させ、二発目を撃つ。ふたたびハンマーを起こし三発目を撃つ。簡易レーザーサイトを作ってよかった、とバーナムは思う。これがなかったら、きっと当たらなかった。

金物店の店主は、手にした拳銃で撃ちかえしてくる。一発がバーナムの着たトライロバレットのスーツに命中し、内側にある防弾ベストの鋼鉄のプレートに弾かれて音を立てる。思い切り殴られたような衝撃にバーナムはたじろぐ。肋骨が折れたのではと思いながら、シングル・アクションで撃ちつづける。四発。五発。六発。

古生代の地層から呼びだされた弾が、金物店の店主の肉体に残らず吸いこまれていく。

金物店の店主が倒れて、バーナムは茫然と立ったまま呼吸を整える。はじめて人を撃ったと思い、いや、あれは人だったんだろうかと思う。いくらか呼吸が整うと、怯えた目を自分に向けているコール・アボットと、彼についてきた仲間を眺める。そんなに恐いんだろうか、そんなに恐がらなくてもいいんじゃないかと思い、試しに拳銃を持っていない左手を少しだけ持ち上げてみる。それだけで、とたんに全員の顔に恐怖の色が浮かぶのがわかる。

バーナムはキャバルリーのシリンダーを空にして、予備の弾丸を詰めはじめる。自分の頭を撃ち抜くには一発で済むわけだから、六発も詰める必要はないよなと考えつつ、結局は六発詰める。

スキニージーンズの尻のポケットに入れた携帯電話が震えている。キャバルリーのローディング・ゲートを閉じてから、バーナムは携帯電話を取りだし、ぎこちなく廊下を歩きだす。

携帯電話に表示された名前を見て、生涯最後の会話になると思い、急いで出ようとする。だがスーツが邪魔になり、なかなか耳もとに携帯電話を当てられない。苦労してようやく内側にねじこみ、バーナムは言う。やあ、タキオ。ひさしぶりじゃないか。

7

シリコンバレーでの成功を夢見るスタートアップが間借りした一室のような、複数台のコンピューターのモニターとハードディスクが並んでいる部屋のなかで、タキオ・グリーンは、自分が目にできる範囲のすべての映像を見ている。

Δ

もう何年も前から、タキオはウィットロー高校のデータベースに侵入して、好きなだけ情報を得てきた。

ホワイトハットハッカーを雇い入れてチームを作り、予算を投じてサイバー犯罪への対策を立てている大企業とは異なって、ウィットロー高校のデータベースへの侵入はあまりにたやすかった。抜け穴が多すぎるせいで、九歳のころから遊び半分でハッキングを楽しんできたタキオは、これは罠なんじゃないかと疑ったほどだった。

全学年の生徒の希望する進路、家族構成、親の職業にとどまらず、教師の個人情報にもアクセスできたし、校舎の増築や改装の施工契約書、あるいは高校の経営状況にかんする報告書なども、タキオは好きに読むことができた。デリバリーのピザやパスタを食べ、エナジードリンクを飲みながら、タキオはサブスク配信の映画でも観るようにウィットロー高校の舞台裏をのぞきつづけた。

タキオの部屋には、両親も、妹も、エアコン修理業者でさえ立ち入ることが許されなかった。そこはタキオだけの空間であり、コール・アボットに与えられた憎悪と屈辱を蓄積して、いつか訪れる復讐の日を夢見るための聖域だった。

タキオの思いえがく復讐は、サイバー犯罪者としてウィットロー高校を脅すような行動ではなかった。物理的な攻撃によって完全なる死と破壊をもたらすのが願いだった。自分にテロ攻撃を仕掛けてくるコール・アボットに、隣で笑っているリアナ・ムーアに、何も見なかった顔をして廊下を通りすぎていった、すべての者たちに。

一つの高校で三百人を殺したアクティブ・シューターは、アメリカ広しといえども一人もいない。世界のどこにもいない。自分がその最初の人間となって歴史に名を刻まれることは、タキオの夢だった。

しかし、動く者を皆殺しにしてしまえば、事件の様子を語り継ぐ人間がいなくなる。証言者の必要性を考慮したタキオは、コール・アボットのテロ攻撃の標的に加えられたバーナム・クロネッカーを選び、親しくなり、戦争に匹敵する大殺戮の日、できるならバーナムを殺さずにおいて、事件の証言者になってもらおうと思った。当日バーナムが校内のどこにいるのかわからず、気づけば殺していた、という可能性が高いとしても。

インターネットのニュースサイトでウィットロー高校のロック・ダウンが報じられてすぐに、タキオは自分の部屋に閉じこもり、高校の管理室のコンピューターに不正侵入した。校内各所に設置された防犯カメラがとらえる映像を、分割された画面で見て、何が起きているのかをリアルタイムでたしかめた。音声はなく、映像だけだった。

防犯カメラの送ってくる映像には、モノクロとカラーの二種類があった。男がアサルトライフルを乱射する場面がモノクロで映り、やがて男はカメラから消え、しばらくして別のカメラのカラー映像のなかに星条旗を羽織った姿で現われた。男は何か言葉を口にしながら、高校の廊下を歩いた。校内を恐怖で支配した男は、みずからの力に酔いしれていた。

タキオは舌打ちし、やってくれたな、と小声でつぶやいた。おっさん、あんた、どこの誰なんだ。

両手の指を頭の後ろで組み、回転椅子の背もたれに寄りかかって、タキオは椅子ご

△

とゆっくりと回り、背後のテーブルの上を眺めた。

長い月日をかけ、ダークウェブを通じて買い集めた武器がそこにあった。

セミオートのAR－15ライフルが二挺。一万発の弾丸。

グロック17が二挺。五千発の弾丸。

モスバーグの十二ゲージのショットガンが一挺。四百発のショットシェル。

そして死者数を増やすのにもっとも重要な、タキオがみずから作った爆弾たち。

モノクロ映像のなかで、音の聞こえない銃撃戦がはじまっていた。四人の警官対一人のアクティブ・シューター。タキオは殺し合いの行方を見守った。作業服を着て星条旗を羽織った中年男は、常軌を逸した道化に見えるが、射撃の腕はたしかだった。退役軍人かもな、とタキオは思った。アクティブ・シューターは射殺されることなく、逆に二人の警官が倒された。やられた仲間を運んで警官たちが退却してしまうと、タキオは背伸びをして、エナジードリンクを飲んだ。それから携帯電話でニュースサイトをひらき、〈警官死亡〉の一報をさがした。まだどこにも出ていなかった。

タキオの立てた本来の計画では、九月の新学期がはじまったその日に、ウィットロー高校で大殺戮を起こすつもりでいた。だが、硝酸アンモニウムとニトロメタンを混合した爆弾の数が予定より少なかった。タキオは授業を休み、部屋にこもって、追加の爆弾を作りつづけた。そのあいだに、まさか別のアクティブ・シューターが出現してウィットロー高校を襲うとは、夢にも思わなかった。夢にも。

これは夢じゃないだろうな。

そう思い、タキオは分割された映像に視線を戻して、驚愕に目を見ひらく。

一階の防犯カメラの映像。東へ伸びる長い廊下で、いつのまにかコール・アボットが撃たれて倒れている。おいおい、とタキオは思う。映像はやや粗いが、まちがいなくコール・アボットだとわかる。首を振って何かをわめいている。同じカメラの映像のなかに、巨大な虫が映っている。いや、とタキオは思う。虫をまとった虫人間と言うべきか。一メートル近くある虫にへばりつかれて、上半身がすっぽり覆い隠されている虫人間は、右手に拳銃を持っている。一九九九年四月二十日のコロンバイン高校銃乱射事件のように、アクティブ・シューターは二人いるのか？　タキオは食い入るように画面を見つめ、星条旗を羽織った男の居場所をさがす。

男は、撃たれたコール・アボットを挟んで、虫人間と反対側の廊下にいる。

ほどなくして虫人間が先に発砲し、男が応戦する。

男が倒れる。

まったく身動きしなくなる。

虫人間のほうも立ったまま動かない。あの虫の形、とタキオは思う。それにあのダサいスキニージーンズとスニーカー。タキオのなかで何かが弾ける。彼は笑いだす。金を注ぎこんだ銃と爆弾が無駄になった落胆が、瞬時に帳消しにされるほどの予想もしない現実。コール・アボットの殺害や、自分がアクティブ・シューターとして名を残す機会を台無しにされてもなお、どこまでも気分を高揚させてくれる異常事態。タキオは声に出して笑いつづける。この世に楽しいことはもう何一つないと思っていたけど、こんなことがあるのか。

タキオは携帯電話を取り、番号を選んで相手を呼びだす。かけた相手が電話に出ようとして苦労する姿を映像で眺める。

ようやく相手が電話に出る。

やあ、タキオ。ひさしぶりじゃないか。

バーナム・K。タキオは笑いをこらえきれずに噴きだす。おまえ、何をやってるんだ？

8

やあ、タキオ。ひさしぶりじゃないか。
バーナム・K、おまえ、何をやってるんだ？
今？　説明するのはちょっとむずかしいな。
だろうな。その三葉虫のスーツは、おまえが作ったのか。
え？
おまえが着てるやつ。
どこで見てる？　高校に来てたのか？
全部見てるよ。
どこで？
そのスーツはおまえが作ったのかって訊いてるんだけど。
うん。
よくできてるな。名前は？
名前って？

そのスーツを着た状態の名前だ。

あるけど、言いたくない。

教えろよ。

いいよ。

教えてくれよ。

どうしてもか。

どうしてもだ。

じゃあ、トライロバレット。

綴りは。
T、R、I、L、O、B、U、L、L、E、T。
おまえが考えたのか。

何て言えばいいのかな。まあ、これを知ってるのは、ぼくだけだと思う。

バーナム・K。おれの知るかぎり、おまえは最高にいかれた奴だよ。

ぼくが？

おれはその高校で、三百人殺す気だった。そのおれよりもいかれてる。まさか、オリジナルのヒーローになるとはな。

か。
ぼくはヒーローじゃないよ。
これからヒーローになるのさ。ところで、アクティブ・シューターは撃ち殺したのか。
フィンチさんのこと？
知り合いか。
近所の金物店の店主だよ。
いっしょに計画を立てたんじゃないよな。
ちがうよ。あの人がここにいるなんて、全然知らなかった。
そこで偶然会ったのか。
ぼくは何も知らないよ。
ふうん。で、撃ち殺したのか。
ちょっとあの人、変だったんだ。
そりゃまともじゃないだろうな。
たぶん死んでるんじゃないかな。動かないし。
コール・アボットはどうなった。リリアナ・ムーアはいないよな。
タキオ、どこにいるんだ。もしかして防犯カメラで見てるのか。そうなんだな。

われらがジョックはどうなった。

死んじゃいないけど、死にそうだったよ。

そいつはいい話だ。

撃ったのはぼくじゃない。

金物店の店主だろ。

ああ。本当はぼくが彼を撃つはずだったんだ。

おれに事前に相談してくれたらよかったのに。

きみに迷惑をかけたくなかった。でも彼はまだ生きてた。どうすればいい。

どうするって、何を。

弾は残ってる。撃ったほうがよかったのかな。

迷惑かけたくないって言いながら、結局おれに訊いてるじゃないか。

ああ、ごめん。

コール・アボットは全身を切り刻まれるべき粗大ゴミだが、状況が変わった。生かしておけよ。あいつがおまえの伝説を語り継ぐスピーカーになる。

伝説って？

いいか、よく聞け、バーナム・K。このままそっちに歩いていったら、警官隊と銃撃戦になってずたずたにされるぞ。

そうなる前に自分で決着をつけるよ。

何を言うんだ、バーナム・K。おまえの人生はこれからだ。おれの言うことを聞け。そこは一階だろ。今すぐ一階の美術室に行け。

どうして。

だまって行け。美術室の奥に、二メートル超えのミロのヴィーナス像が置いてあるのを知ってるか。

レプリカの彫刻？

それだ。気高きギリシャのお姉さんの背後に、絵筆を洗浄する洗い場がある。

そうなんだ。

その洗い場の排水口のふたは鉄製だが、おまえの腕力でも持ち上げられるはずだ。

その排水口のなかへ入れ。

そこから逃げろってこと？

そこから逃げろってことだ。

どこに。

行けばわかる。

前に話してた地下のシェルターってやつか。

急げ、バーナム・K。あたえられた使命を遂行しろ。

使命って何。

そうだ、そっちに歩け。おまえが美術室に向かっている姿が、おれには見えている。

やっぱり防犯カメラで見てるのか。

おまえと通信できるのはここまでだ。おれはシステムに侵入して防犯カメラを切るからな。じゃないと、おまえがどこから逃げだしたのか録画されちまうだろ。こっちもいろいろやりながら、今電話してるんだ。

ぼくは別に逃げるつもりはなかったよ。

急げ。

伝説とか使命って、何の話？

おれにまかせておけ。一つだけ確認していいか。

何を。

トライロバレットっていう名前だけどな、微妙にダサいから、おまえの名前を使いたい。

使うって、何に。

オーケー、バーナム・K。その携帯には二度とかけられないが、どうにかしてまた連絡するよ。地下シェルターを歩け。死ぬなよ。いいか。聞いてるのか。

うん。聞いてるよ。

9

ユタ州ニューオグデンのウィットロー高校で発生した銃乱射事件は、退役軍人の犯人が自殺したのでもなく、警官に射殺されたのでもなく、在校生の一人に撃たれて幕を閉じたことで、世界中を駆け巡る一大ニュースになる。

ニューオグデン市警察は十七歳のバーナム・クロネッカーの写真を公開し、彼の行方がいまだにつかめていないこと、彼が石灰岩と化石の弾頭を使用したこと、そして市警察に勤める少年の母親が、退役軍人のアクティブ・シューターとの銃撃戦のさなかに殉職した事実を公表する。

ヒーローとなったはずの男子高校生が忽然《こつぜん》と姿を消した事実のみならず、少年の母親の死という要素が報道を過熱させ、それはＳＮＳに根拠のない憶測が絶えまなく投稿される燃料と化す。ありとあらゆる仮説が渦巻く。共和党の陰謀、民主党の陰謀、宗教団体の陰謀、隣接するオグデンに基地を持つアメリカ空軍の極秘作戦、ロシアの情報操作、ハリウッドの行きすぎた宣伝。

事件からちょうど一週間がたった日、市警察にFBIを加えた捜査当局が非公開にしていた映像が、インターネットに投稿される。古生代カンブリア紀を生きた三葉虫をモチーフにしたスーツを身にまとった少年の、十五秒間のモノクロ映像。

真偽を問う声が世間で噴出するなか、捜査当局は映像がウィットロー高校の防犯カメラで録画された本物だと認定する。

捜査当局はやむなくニューオグデン市で記者会見をひらき、映像は本物という事実を公表したうえで、発信者を突きとめようとしたが突きとめられず、相変わらず少年は行方不明のままだと告げる。まるで中身のない記者会見が終了した夜、インターネットにつぎのような声明文が投稿される。

この世でもっともすぐれた仮説は、同時にもっともか弱い存在だ。それが私である。だから、あなたがたに私は見つけられない。あなたがたにとって、私はただ一つの点にすぎない。あるいは点よりも、もっと小さなもの。果たして点に大きさがある

か否かという議論は、ここでは脇に置くとして。

人類が繁栄したこの新生代に、正義がおこなわれることは少ない。ほぼ皆無といっていい。もともと自然界に善はなかった。世界には生命の循環があるだけで、必然的に善も悪も必要なかった。太陽と月が回り、季節が巡るように、時が来れば絶滅が訪れるのみだった。何もかも破壊する大量絶滅の火。王の玉座は砕かれ、進化の栄光は塵《ちり》に還《かえ》る。

人類も、過去と同じ絶滅の道をたどるだろう。滅びの足音はそこまで来ている。それでも私は、一人の生徒の命を助けることにした。それは私自身が、かつて滅んだ者だからなのかもしれない。あなたがたには、私の言葉が理解できないだろう。それで構わない。私はあなたがたに理解されたくて、遠い過去からやってきた弾をフランク・フィンチに撃ちこんだのではない。

私が救った一人の生徒の名をここに記そう。コール・アボット。報道ではいっさい明かされていないが、彼の祖父はダグラス・アボット上院議員である。

フランク・フィンチ元アメリカ陸軍少尉が、ウィットロー高校に怖るべき惨劇をもたらしたあの日、上院議員の孫であるコール・アボットが私に何を訴え、そしてか弱い仮説にすぎない私が、彼のためにいったい何をしたのか、直接本人に訊いてみるといい。あなたがたに興味があれば、の話だが。

私自身について、もう少しだけ書いておこう。ユタ州に暮らす先住民は、開拓者であり侵略者である白人よりも早く、大地に眠る三葉虫の化石を見つけていた。その人々は三葉虫の名はおろか、化石の知識すら持たなかったが、それが聖なる力を秘めているのだけはわかっていた。先住民は化石でネックレスを作り、魔除けの首飾りにしていた。私は、そんな人々の大いなる魂に共鳴する小さき者である。

バーナム・K

〔註1〕『変身』、フランツ・カフカ著、高橋義孝訳、新潮文庫、五頁

〔註2〕『V.』〔下〕、トマス・ピンチョン著、小山太一＋佐藤良明訳、新潮社、二〇一一年、十五頁

参考資料

『アブダクション　仮説と発見の論理』米盛裕二著／勁草書房
『アメリカの学校建築』柳澤要　鈴木賢一　上野淳共著／ボイックス
『エディアカラ紀・カンブリア紀の生物』土屋健著　群馬県立自然史博物館監修／技術評論社
『カンブリアンモンスター図鑑［第２版］』千崎達也 文・絵　左巻健男監修／秀和システム
『帰還兵はなぜ自殺するのか』デイヴィッド・フィンケル著　古屋美登里訳／亜紀書房
『三葉虫マニアックス　三葉虫綱９目の魅力とその見分け方』北村雄一編著／秀和システム
『大量殺人の〝ダークヒーロー〟なぜ若者は、銃乱射や自爆テロに走るのか？』フランコ・ベラルディ（ビフォ）著　杉村昌昭訳／作品社
『変身』フランツ・カフカ著　高橋義孝訳／新潮文庫
『変身』フランツ・カフカ著　池内紀訳／白水Ｕブックス

謝辞

本作の執筆にあたり、おもにアメリカの高校および高校生活の描写において、日英翻訳者のエミリ・バリストレーリ氏にご監修いただいた。心より御礼を申し上げたい。

本書は文庫書下ろし作品です。

|著者|佐藤 究　1977年福岡県生まれ。2004年に佐藤憲胤名義で書いた『サージウスの死神』が第47回群像新人文学賞優秀作となりデビュー。'16年、『QJKJQ』で第62回江戸川乱歩賞を受賞。'18年、受賞第一作の『Ank: a mirroring ape』で第20回大藪春彦賞および第39回吉川英治文学新人賞を同時受賞。さらに'21年、『テスカトリポカ』で第34回山本周五郎賞と第165回直木賞のダブル受賞を果たす。'24年、『幽玄F』で第37回柴田錬三郎賞を受賞した。ほかの著書に『爆発物処理班の遭遇したスピン』がある。

トライロバレット

佐藤《さとう》 究《きわむ》

2024年12月13日第1刷発行

発行者――篠木和久
発行所――株式会社　講談社
東京都文京区音羽2-12-21　〒112-8001
電話 出版（03）5395-3510
販売（03）5395-5817
業務（03）5395-3615
Printed in Japan

講談社文庫
定価はカバーに
表示してあります

KODANSHA

デザイン―菊地信義
本文データ制作―講談社デジタル製作
印刷―――株式会社広済堂ネクスト
製本―――株式会社国宝社

ISBN978-4-06-537622-5

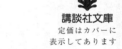

講談社文庫刊行の辞

二十一世紀の到来を目睫に望みながら、われわれはいま、人類史上かつて例を見ない巨大な転換期をむかえようとしている。

世界も、日本も、激動の予兆に対する期待とおののきを内に蔵して、未知の時代に歩み入ろうとしている。このときにあたり、創業の人野間清治の「ナショナル・エデュケイター」への志を現代に甦らせようと意図して、われわれはここに古今の文芸作品はいうまでもなく、ひろく人文・社会・自然の諸科学から東西の名著を網羅する、新しい綜合文庫の発刊を決意した。

激動の転換期はまた断絶の時代である。われわれは戦後二十五年間の出版文化のありかたへの深い反省をこめて、この断絶の時代にあえて人間的な持続を求めようとする。いたずらに浮薄な商業主義のあだ花を追い求めることなく、長期にわたって良書に生命をあたえようとつとめるところにしか、今後の出版文化の真の繁栄はあり得ないと信じるからである。

同時にわれわれはこの綜合文庫の刊行を通じて、人文・社会・自然の諸科学が、結局人間の学にほかならないことを立証しようと願っている。かつて知識とは、「汝自身を知る」ことにつきていた。現代社会の瑣末な情報の氾濫のなかから、力強い知識の源泉を掘り起し、技術文明のただなかに、生きた人間の姿を復活させること。それこそわれわれの切なる希求である。

われわれは権威に盲従せず、俗流に媚びることなく、渾然一体となって日本の「草の根」をかたちづくる若く新しい世代の人々に、心をこめてこの新しい綜合文庫をおくり届けたい。それは知識の泉であるとともに感受性のふるさとであり、もっとも有機的に組織され、社会に開かれた万人のための大学をめざしている。大方の支援と協力を衷心より切望してやまない。

一九七一年七月

野間省一

加藤典洋
新旧論 三つの「新しさ」と「古さ」の共存
解説＝瀬尾育生　年譜＝著者、編集部
かP9
小林秀雄、梶井基次郎、中原中也はどのような「新しさ」と「古さ」を備えて登場したのか？　昭和の文学者三人の魅力を再認識させられる著者最初期の長篇評論。
978-4-06-537661-4

高橋源一郎
ゴヂラ
解説＝清水良典　年譜＝若杉美智子、編集部
たN6
なぜか石神井公園で同時多発的に異変が起きる。ここにいる「おれ」たちは奇妙なものに振り回される。そして、ついに世界の秘密を知っていることに気づくのだ！
978-4-06-537554-9

講談社文庫　目録

斉藤詠一　クメールの瞳
斉藤詠一　レーテーの大河
佐々木実　竹中平蔵　市場と権力 「改革」に憑かれた経済学者の肖像
斎藤千輪　神楽坂つきみ茶屋
斎藤千輪　神楽坂つきみ茶屋2 〈禁断の盃《さかずき》と絶品江戸レシピ〉
斎藤千輪　神楽坂つきみ茶屋3 〈突然のピンチと喜寿の祝い膳〉
斎藤千輪　神楽坂つきみ茶屋4 〈想い人に捧げる鍋料理〉〈頂上決戦の七夕料理〉
作画…蔡志忠　訳…和田武司　監修…野末陳平　マンガ 孔子の思想
作画…蔡志忠　訳…和田武司　監修…野末陳平　マンガ 老荘の思想
作画…蔡志忠　訳…和田武司　監修…野末陳平　マンガ 孫子・韓非子の思想
佐野広実　わたしが消える
紗倉まな　春、死なん
桜木紫乃　凍原
桜木紫乃　氷の轍
桜木紫乃　起終点駅《ターミナル》
桜木紫乃　霧
司馬遼太郎　新装版 播磨灘物語 全四冊
司馬遼太郎　新装版 箱根の坂 (上)(中)(下)
司馬遼太郎　新装版 アームストロング砲

司馬遼太郎　新装版 歳月 (上)(下)
司馬遼太郎　新装版 おれは権現
司馬遼太郎　新装版 大坂侍
司馬遼太郎　新装版 北斗の人 (上)(下)
司馬遼太郎　新装版 軍師二人
司馬遼太郎　新装版 真説宮本武蔵
司馬遼太郎　新装版 最後の伊賀者
司馬遼太郎　新装版 俄 (上)(下)
司馬遼太郎　新装版 尻啖え孫市 (上)(下)
司馬遼太郎　新装版 王城の護衛者
司馬遼太郎　新装版 妖怪 (上)(下)
司馬遼太郎　新装版 風の武士 (上)(下)
司馬遼太郎　戦雲の夢 〈レジェンド歴史時代小説〉
司馬遼太郎／海音寺潮五郎　新装版 日本歴史を点検する
司馬遼太郎／井上ひさし　新装版 国家・宗教・日本人
司馬遼太郎／陳舜臣／金達寿　新装版 歴史の交差路にて 〈日本・中国・朝鮮〉
柴田錬三郎　お江戸日本橋 (上)(下)
柴田錬三郎　貧乏同心御用帳
柴田錬三郎　新装版 岡っ引どぶ 〈柴錬捕物帖〉

柴田錬三郎　新装版 顔十郎罷り通る (上)(下)
島田荘司　御手洗潔の挨拶
島田荘司　御手洗潔のダンス
島田荘司　水晶のピラミッド
島田荘司　眩（めまい）暈
島田荘司　アトポス
島田荘司　異邦の騎士 〈改訂完全版〉
島田荘司　御手洗潔のメロディ
島田荘司　Pの密室
島田荘司　ネジ式ザゼツキー
島田荘司　都市のトパーズ2007
島田荘司　21世紀本格宣言
島田荘司　帝都衛星軌道
島田荘司　UFO大通り
島田荘司　リベルタスの寓話
島田荘司　透明人間の納屋
島田荘司　占星術殺人事件 〈改訂完全版〉
島田荘司　斜め屋敷の犯罪 〈改訂完全版〉
島田荘司　星《せい》籠《ろ》の海 (上)(下)

島田荘司　屋
島田荘司　名探偵傑作短篇集　御手洗潔篇
島田荘司　火刑都市〈改訂完全版〉
島田荘司　暗闇坂の人喰いの木〈改訂完全版〉
島田荘司　網走発遙かなり〈改訂完全版〉
清水義範　蕎《そ》麦《ば》ときしめん
清水義範　国語入試問題必勝法〈新装版〉
椎名　誠　にっぽん・海風魚旅〈怪し火さすらい編〉
椎名　誠　大漁旗ぶるぶる乱風編〈にっぽん・海風魚旅4〉
椎名　誠　南シナ海ドラゴン編〈にっぽん・海風魚旅5〉
椎名　誠　風のまつり
椎名　誠　ナマコ
椎名　誠　埠頭三角暗闇市場
真保裕一　取引
真保裕一　震源
真保裕一　盗聴
真保裕一　朽ちた樹々の枝の下で
真保裕一　奪取(上)(下)
真保裕一　防壁
真保裕一　密告
真保裕一　黄金の島(上)(下)
真保裕一　発火点
真保裕一　夢の工房
真保裕一　灰色の北壁
真保裕一　覇王の番人(上)(下)
真保裕一　デパートへ行こう！
真保裕一　アマルフィ〈外交官シリーズ〉
真保裕一　天使の報酬〈外交官シリーズ〉
真保裕一　アンダルシア〈外交官シリーズ〉
真保裕一　ダイスをころがせ！(上)(下)
真保裕一　天魔ゆく空(上)(下)
真保裕一　ローカル線で行こう！
真保裕一　遊園地に行こう！
真保裕一　オリンピックへ行こう！
真保裕一　連鎖〈新装版〉
真保裕一　暗闇のアリア
真保裕一　ダーク・ブルー
篠田節子　弥勒
篠田節子　転生
篠田節子　竜と流木
重松　清　定年ゴジラ
重松　清　半パン・デイズ
重松　清　流星ワゴン
重松　清　ニッポンの単身赴任
重松　清　愛妻日記
重松　清　青春夜明け前
重松　清　カシオペアの丘で(上)(下)
重松　清　永《と》遠《わ》を旅する者〈ロストオデッセイ　千年の夢〉
重松　清　かあちゃん
重松　清　十字架
重松　清　峠うどん物語(上)(下)
重松　清　希望ヶ丘の人びと(上)(下)
重松　清　赤ヘル1975
重松　清　なぎさの媚薬(上)(下)
重松　清　さすらい猫ノアの伝説
重松　清　ルビィ
重松　清　どんまい

講談社文庫 目録

講談社文庫　目録

瀬戸内寂聴　97歳の悩み相談
瀬戸内寂聴　その日まで
瀬戸内寂聴　すらすら読める源氏物語(上)(中)(下)
瀬戸内寂聴・訳　源氏物語　巻一《まきいち》
瀬戸内寂聴・訳　源氏物語　巻二《まきに》
瀬戸内寂聴・訳　源氏物語　巻三《まきさん》
瀬戸内寂聴・訳　源氏物語　巻四《まきし》
瀬戸内寂聴・訳　源氏物語　巻五《まきご》
瀬戸内寂聴・訳　源氏物語　巻六《まきろく》
瀬戸内寂聴・訳　源氏物語　巻七《まきしち》
瀬戸内寂聴・訳　源氏物語　巻八《まきはち》
瀬戸内寂聴・訳　源氏物語　巻九《まきく》
瀬戸内寂聴・訳　源氏物語　巻十《まきじゆう》
瀬尾まなほ　寂聴さんに教わったこと
先崎　学　先崎学の実況！　盤外戦
妹尾河童　少年H(上)(下)
瀬尾まいこ　幸福な食卓
関原健夫　がん六回　人生全快
瀬川晶司　泣き虫しょったんの奇跡　完全版〈サラリーマンから将棋のプロへ〉

仙川　環《たまき》　幸福の劇薬〈医者探偵・宇賀神晃〉
仙川　環　偽装診療〈医者探偵・宇賀神晃〉
瀬木比呂志　黒い巨塔〈最高裁判所〉
瀬那和章　今日も君は、約束の旅に出る
瀬那和章　パンダより恋が苦手な私たち
瀬那和章　パンダより恋が苦手な私たち2
蘇部健一　六枚のとんかつ
蘇部健一　六とん2
蘇部健一　届かぬ想い
曽根圭介　沈底魚
曽根圭介　藁《わら》にもすがる獣たち
染井為人　滅茶苦茶
園部晃三　賭博常習者
田辺聖子　ひねくれ一茶
田辺聖子　愛の幻滅(上)(下)
田辺聖子　うたかた
田辺聖子　春情蛸の足
田辺聖子　蝶花嬉遊図
田辺聖子　言い寄る

田辺聖子　私的生活
田辺聖子　苺をつぶしながら
田辺聖子　不機嫌な恋人
田辺聖子　女の日時計
谷川俊太郎訳　和田誠絵　マザー・グース　全四冊
立花　隆　中核VS革マル(上)(下)
立花　隆　日本共産党の研究　全三冊
立花　隆　青春漂流
高杉　良　労働貴族
高杉　良　広報室沈黙す(上)(下)
高杉　良　炎の経営者(上)(下)
高杉　良　小説 日本興業銀行　全五冊
高杉　良　社長の器
高杉　良　その人事に異議あり〈女性広報主任のジレンマ〉
高杉　良　人事権！
高杉　良　小説消費者金融〈クレジット社会の罠〉
高杉　良　小説 新巨大証券(上)(下)
高杉　良　局長罷免―小説通産省
高杉　良　首魁《しゅかい》の宴《うたげ》〈政官財腐敗の構図〉

2024年9月13日現在